夢巻

ゆめまき

田丸雅智

給台灣讀者：

衷心期盼這股極短篇的浪潮能夠跨越國境、超越語言的限制，席捲全球。更希望您能在這裡找到一則自己鍾愛的故事。

田丸雅智

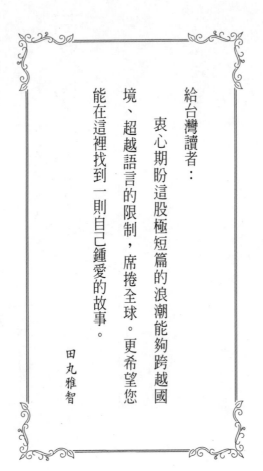

推薦序

在日常的夾縫中，我們窺看別人的夢

曲辰（文藝評論家）

「歡迎光臨！」

櫃檯前，店員站了起來，熱烈地打招呼說：「歡迎光臨短短書店！」短短書店？我的眼神可能洩漏了我在想什麼，於是店員接著說：「啊，這是英文short short的直譯，也就是極短篇的意思，我們專賣極短篇喔！」

被他這麼一講，我才發現，包括店中間的大桌子與牆壁上的書架，都擺滿了書，不過，極短篇這種看過就忘的東西，還能開書店？

「可不能這麼說，極短篇的閱讀方法，跟一般的小說是不太一樣的。」店員指了指我手中原本就拿著的某本小說，約莫三百多頁：「例如這本小說好了，我也看過，很棒，你一看就被吸入那個世界中，跟主角展開一場華麗的冒險，經歷自己根本不可能遇到的事情，就好像，體驗了一次別人的生活一樣。」

我點點頭，這不就是好的娛樂小說的功能嗎？

「但是，小說家總是花上好多力氣去經營細節、召喚情感，把人的普世性折疊進去，竭盡所能建構一個讓我們可以相信的世界。」如果我沒聽錯的話，店員的語氣居然有點哀傷，「這麼一來，小說中的世界固然可信了，但也決定了那個世界不屬於我們啊！」

蛤？

「極短篇小說不是這樣的，極短篇的篇幅太小了，它沒辦法承擔細節，也不可能虛構身世，每個人物都需要變成一個典型，而小說世界則需要是現實世界的公約數，這樣讀者才能在自己熟悉的狀況下，投注想像力在裡面，編造屬於自己的細節。如果說一本好看的長篇小說是一本城堡，讓我們在裡頭馳騁的話，那一篇好的極短篇小說就是在我們的日常生活開闢一條縫隙，讓我們看到沒有想過的世界面貌喔！」店員有點激動地喘了口氣。

我好像沒試著這樣去理解極短篇小說，一直以爲極短篇就是只把高潮押在最後一句話的文類呢。

「那也是一種啊，強調結局的不可置信與扭轉一直都是極短篇世界中的當紅文類，不過最近流行另外一種，啊，就是你身旁桌子上那幾個故事。」店員比劃了一下，「這個作者很有趣喔，他的小說不會特別追求結局的刺激感，而是把目光放到人在這個世界上的生存形式，他總是透過一個很小的提問或是假設，來提醒我們到底這個世界底下蘊藏著怎樣的規則與形式。但他又不是那種很粗暴的吆喝的作家，反而是用一種舒緩的語氣，好像是小時候在聽故事的樣子在說故事。」

我好像有點懂又好像有點不懂。

「嗯，就好像你現在一樣吧。」店員的聲音有點迷濛。

我現在一樣？

「你不覺得，你都沒有出聲，我們卻能對答自如是件很奇怪的事嗎？」

然後，我醒了。

一本書從我放在棉被上的手掉到地上，我撿了起來，就著窗外的路燈看了看作者與書名：

田丸雅智《夢卷》。

推薦序

猶如玲瓏珠玉般晶瑩剔透的幻思小品

何敬堯（小說家，《怪物們的迷宮》作者）

《夢卷》書中晶瑩剔透的幻思小品，猶如玲瓏珠玉，讓讀者不忍釋卷。

田丸雅智受到了日本微型小說作家星新一、江坂遊的影響，致力於雕鏤短篇故事，筆墨不只構思精巧，更滿溢幽默與暖和的氛圍。小說篇幅越短，越難掌握，如何在有限的篇幅裡描述完整的故事，也要在字裡行間閃露靈思妙想，成爲了作家需要反覆琢磨的創作考驗。

在以往，極短篇曾是作家初期磨練筆藝的一種體裁，名作家川端康成在早期創作生涯，便曾以新感覺派的纖細筆法寫下百多篇的「掌中小說」，捕捉人性幽微百態。但極短篇也能以更寬廣的形式呈現如萬花筒般的繽紛色彩，例如星新一，便很擅長書寫科幻、奇幻、推理、甚至是童話類型的短篇故事。

星新一的作品習慣以逆向思考、腦筋急轉彎式的哲思來讓讀者感到「驚喜」，他曾言：「現實世界，是倚靠每個人各自的夢境來共同支撐。」這一段話彷彿也能作爲《夢卷》的小說題旨。而田丸雅智極短篇中的「非日常的日常」，同時也呈現出作家對待生命萬物的溫柔目光。

推薦序

這些故事，你一定想拿出來跟朋友分享。三天前吃的東西不行。再高檔，都不行。

盧建彰（廣告導演）

很多人問說爲什麼要讀小說？我想這本書是答案。

因爲可以激發你的想像力。

而那是你花大錢去參加什麼訓練課程，都不一定保證得到的，然後這想像力之後可以幫你在工作上帶來巨大的報酬，金錢只是隨之而來的小東西而已。

因爲你會很快速地放鬆。

而那是你花大錢去夜店KTV弄整晚，都不一定眞的能得到的放鬆，說不定，你還會更加緊張，緊張自己錢帶得不夠，緊張自己可能正在被迫進入某個刑事案件現場，正在成爲加害者或被害者，而要脫身比脫衣還難。

因爲你會突然有種超凡的感覺。

不是你變好了，是你的眼光變好了，你看見沒見過的事物，你的見識廣了，你可以超越眼前生活的苦難，或者靈巧的逃避即將撞上的卡車，你的眼光穿透，因爲你有了故事，你好像被治療，也許沒治癒，但好多了，多好呀。

我非常喜歡這裡頭的故事，是那種你看了就很想趕快跟別人說的那種，我呢，甚至很想來拍一下，把它立體化，因爲實在是太有趣了，充滿我沒想過的故事。

我想著，我大概就是書裡面的那個白蘿蔔武士吧，當然是主角那個，行走天下，再也沒有難得倒我的事，因爲，我的腰上插著白蘿蔔。

哈哈哈，聽不懂噢，是不是很想看呀？

趕快，買回去看呀，這本書絕對比你上次跟那個誰去吃的那個什麼什麼高級餐廳，來得讓你有飽足感，來得可以回味更久。

我保證，你吃的東西最多三天後就離開你了，而這裡頭的故事，會陪你更久一些，而且你隨時可以拿出來跟你的朋友分享。

三天前吃的東西不行。

再高檔，都不行。

目錄

琉璃珠 1

「那是什麼東西呀？」

一個小男孩開口問說。

神情陰鬱的年輕人吃了一驚，回頭探看是誰在問話。當發現映入眼簾的是一個小男孩時，他立刻露出了笑容。

「你猜是什麼呢？」

年輕人向小男孩招招手，讓他坐在自己身邊，接著將握在手裡的皮革袋子朝他揚了揚，還刻意抖晃袋子，發出了喀啦喀啦的碰撞聲響。

一艘竹葉小船不知從何處漂到了兩人坐著的水泥台階下，在他們的腳邊沉入緩緩的流水，消失無蹤了。河面銀光閃閃，美極了。豔紅的彼岸花綻放在河另一邊的山坡上，猶如熾茂燃燒的烈火。

「是糖果嗎？」

「不是喔……」

「我知道了，是石頭！」

年輕人微微一笑，揭開皮革袋子，從裡面掏出一個東西來。

「很可惜，差一點點就猜對了。正確答案是這個喔。」

年輕人伸手遞了過去，小男孩小心翼翼地雙手捧接了下來。

「是琉璃珠！」

小男孩頓時眼睛一亮。

「可以摸摸看，沒關係的。」

在年輕人點頭鼓勵下，小男孩眼中的神采更是熠熠生輝。他左端右瞧自己掌心的琉璃珠，然後拿起來迎著夕陽餘暉，仔細察看這顆乳白色底綴著紅色大理石紋的珠子。

「大哥哥是專門賣琉璃珠的人嗎？」

年輕人苦笑著搖了搖頭。

「那，你是賣什麼東西的？」

小男孩充滿好奇的眼眸直盯著年輕人瞧。

年輕人沒有回答，只微笑著望向河的對岸。

「我問你，你喜歡蜻蜓嗎？」

小男孩用力點點頭。

「太好了，我也非常喜歡。每年到了這個季節，總會有各種蜻蜓四處飛。有白尾灰蜻、豆娘、秋赤蜻，還有無霸勾蜓。對了，你看過綠胸晏蜓嗎？我到現在每次看到這種蜻蜓時，心臟還是忍不住怦怦跳個不停呢。

「不過，最令人心動的要算是薄翅蜻蜓了。牠身上透著淡淡的紅色，眞讓人愛不釋手。每逢中元時節，就會有成群的薄翅蜻蜓出現。

「我小時候常趁黃昏時帶著弟弟出門，到附近舉著捕蟲網，追著蜻蜓跑來跑去，直到把身上的三個補蟲籠都裝得滿滿的才肯回去。

「薄翅蜻蜓眞的很神奇，不但怎麼抓也抓不完，甚至還愈抓愈多。我們抓得開心極了，等到想起來的時候，天邊已經染上淺淺的紅色了。蜻蜓的淡紅和夕陽的淺紅相疊在一起，我漸漸分不清自己追的究竟是蜻蜓，還是夕陽。心裡忽然覺得很難過，乾脆把捕蟲籠裡的蜻蜓全部放了，讓牠們回到天上……。

我的工作，就是做出那種薄翅蜻蜓。到了明天，大街小巷就會出現一大群蜻蜓了。」

年輕人描述的奇幻景象，讓小男孩聽得出神，但最後這句話讓他臉上露出了驚訝的表情。

「大哥哥會做蜻蜓？」

「說得精準一點，我只是在這個過程中幫忙一下而已。」

「怎麼樣幫忙呀？」

「提示就在這顆琉璃珠上。」

小男孩連忙翻來覆去檢查手中那顆淺紅色的珠子。

「這個和薄翅蜻蜓的顏色一樣吔！」

「沒錯，這顆珠子會變成蜻蜓。」

年輕人拉開皮革袋口，讓小男孩看個仔細。小男孩朝袋內窺看，裡面裝著數不清的琉璃珠，色澤全都大同小異。小男孩握在掌心裡的那一顆，在這堆珠子裡恰好屬於中等大小。

「這些可不是一般常見的琉璃珠喔。我花了整整一年到處奔波，才蒐集到這一袋珠子。」

「到處都撿得到嗎？」

年輕人再次無奈地笑了。

「不是撿來的，而是在各個地方遇到的。」

「那，大哥哥用什麼方法蒐集起來呢？」

好奇的小男孩有問不完的問題。

「只要伸出手指朝那個東西慢慢畫圓圈，就像平常抓蜻蜓時，指著蜻蜓的眼睛不停轉圈一樣，這樣就行了。接下來的任務，就是把袋子裡的這些琉璃珠，再變成薄翅蜻蜓。這時候要指著琉璃珠，以反方向畫圈喔。」

聽完，小男孩眼中閃動慧黠的光芒，迅速伸出指頭抵在握於左掌心的琉璃珠上，年輕人立刻攔下他的舉動。

「明天才能畫圈圈。這是一項非常重要的工作，懂嗎？」

小男孩顯得很失望，但一看到年輕人臉上歉疚的神色，馬上乖巧地聽話。

「只要等到明天，就可以畫圈圈了吧？」

「想畫多少圈圈都沒問題！」

小男孩想像著一大群薄翅蜻蜓在天空飛舞的景象，雀躍不已。但他隨即想起一件事，連忙問了年輕人：

「大哥哥，這種珠子是從什麼東西變來的呢？你是伸手指著什麼東西畫圈圈，才把它變成了琉璃珠呢？」

年輕人凝視小男孩好半晌，抬眼望向遠方。

「是人的靈魂。」

小男孩瞪大了眼睛。

「我花了一整年到處蒐集這些沒能投胎轉世、留在人間徘徊的靈魂。他們各有各的苦衷，沒辦法離開這裡。

「有的忘記該回到何處，有的還無法忘情凡塵。每當我找到這些人，就會把他先變成琉璃珠，最後再變成蜻蜓，讓他回到天上。做這件事的時刻就在一年一度迎接與送走亡者的日子，也就是中元節。

化為蜻蜓的靈魂，會回到他應去的歸處，由他深愛的人們迎接他的到來，然後升天而去。是的，薄翅蜻蜓正是人們前往天國之前，在這個世上最後的樣貌。」

話一說完，年輕人露出了悲傷，接著面向小男孩，不由分說地伸出了手。

小男孩立刻明白了這個舉動代表的意義，一臉慘白地直往後退。

「這麼說，我已經……！」

然而，年輕人用力搖了頭。

「別擔心，要回到天上的不是你。我原本以爲自己還能撐過這個中元節……不過，你能看到我，眞是太好了！

我不是要你繼承我的任務，只希望你能幫忙最後一件工作，這樣，我就能安心回到天上，而且袋子裡的這些人也能投胎轉世了。」

年輕人把皮革袋子交到小男孩的手裡，讓他緊緊握住。

「聽好了，明天要對這些珠子反方向畫圈圈喔！哎，不曉得和大家一起在天空中自在徜徉，會是多麼愉快呢？」

年輕人拉起小男孩的手，指著自己，開始畫起了圈圈。

---

1 日文為「蜻蛉玉」，亦即「蜻蜓珠」，由於帶有紋路的珠子相似於蜻蜓的複眼，故得此名。

妻子的吸引力

人生總會遇上許許多多的煩惱，而我最大的煩惱就是太太。

因爲我太太成天只賴在家裡，什麼都不做，連吃餅乾掉了滿地碎屑要她掃乾淨，她也會氣得大嚷大叫。太太對我的一舉一動全都看不順眼，總是嘮嘮叨叨地數落，有時候甚至扯起嗓門把我痛罵一頓。通常這種老婆會被冠上惡妻的臭名，不過這個稱號我可沒那個膽子去告訴太太。

我經常想起結婚前太太說過的一句話：

「我有黑暗的一面。」

每當聽到她這麼說，我不是安慰她說我不會在意，就是把惹人憐愛的她輕輕摟進懷裡。現在回想起來，眞想把那時候的自己一棒打昏。剛開始交往時，太太表現得溫柔婉約，可是自從結婚以後，她的性情變化簡直每況愈下，更不用說身材像灌氣似地一天比一天胖。眞希望她當年能先講清楚所謂黑暗的一面是這副德行。

「你沒辦法離開我！」

記不得從什麼時候開始，太太總是把這句話掛在嘴上。我起初根本沒把她的話當一回事，只是對她的變化感到心驚膽戰，並且暗自忖想：反正兵來將擋、水來土掩，總能找到對策來應付的。

誰知道沒過多久，我居然切身體會到她這句話有多麼可怕了。

這種感覺，有點像是被壞女人緊緊抱住時自己時說：就算你想離開，也絕對無法離開我……不對，如果用壞女人來形容，還帶有幾分妖豔的魅力，但我根本連這種好處都沒撈到，更像是被一股無形的力量牢牢攫住，往下拖入深不可測的泥沼裡。而且，時間一久，這種感覺似乎變得更加明顯。

「太太一定是運用某種神祕的力量，使我無法脫離她的掌控！」

我這樣喃喃自語，並且進一步反問：

「那麼，是哪種神祕的力量呢？」

自己卻沒有辦法回答這個質疑。

已經有好一段日子，我一直處於這種進退不得的困境之中了。

最近情況愈來愈嚴重，太太終於是足不出戶了。她想買的東西一律利用宅配直送到府，或者差遣我出門採購。她不是躺在床上睡睡懶覺，就是看看電視打發時間。

我時常絕望地想著，這輩子恐怕都得過這種生活了。甚至在睡夢中，我同樣噩夢連連，飽受折磨。

直到某一天，太太隱藏的祕密終於揭曉了。

那天，我照舊做了噩夢，一如往常「哇」的大喊一聲，嚇得從床上跳了起來。我睜開眼睛，渾身大汗淋漓，悶熱難受，幾乎喘不過氣來。我狐疑地往旁邊瞥了一眼，赫然看見鼾聲大作的太太緊緊貼著我的身體。其實，更精準的描述是我剛才在床上打了個滾，自己主動靠到太太的身上了。

我嘟囔一句，又來了。最近怎麼老是這樣呢？

雖說是在睡著時不知不覺靠了過去，可是我眞不懂自己怎麼會有這種舉動？或許只是睡相太差吧……難怪會做噩夢……。我自言自語，從翻了身的太太身旁站了起來去喝水。

喝完水後回到床邊，我厭惡地看著床上的太太。痴肥的太太深深陷在床墊裡，使得側邊形成了一個大斜坡。

就在這一剎那，我腦中如電光火石般閃過一個畫面。

那個畫面是在一個大小和床墊差不多的平面上，放著一顆頗具重量的球。太太一個翻身就陷入床墊裡的景象，讓我聯想到了這個畫面。

我到底是在什麼地方看到那幅情景的呢？下一秒，我想起來了——是在物理課上看到的。學校老師爲了向我們解釋天體引力，設計了一個淺顯易懂的模型：以平面當作宇宙空間、球當作天體，當球擺在平面上，其重量自然會使得平面形成凹陷，這時再拿一個小東西放在平面上，它就會順著凹陷的坡度滾向那顆較大的球。我腦中浮現的這幅畫面，立刻誘發了一個奇怪的念頭。

難道太太擁有的神祕力量，就是類似重力的某種引力嗎？而我就是在這股引力的作用之下，沒有辦法逃離太太的掌控嗎……？

怎麼可能！

可是……一道冷汗沿著我的背脊淌流而下。這項推測未必是錯的……。這種受到一股無形力量的牢牢束縛，以及這股力量隨著太太體重的增加而日漸增強的感覺，在在都和重力的特性非常相像……。

我抱頭苦思。Yes, no, yes, no……。

我呻吟良久，最後終於得到了結論。

太太的體內一定具有一種近似於重力的引力，不妨稱之爲妻力；而那股力量只會對我起作用，限制我的一切行動。所以太太才會不停告訴我：

「你沒辦法離開我！」

難怪她說得那麼信誓旦旦。原來，這句話可是有憑有據的。

既然如此……我心裡陡然感到一股迫切的危機。愈來愈胖的太太，愈來愈強大的引力……再這樣下去，我將面臨什麼樣的下場……？

不行，不能把時間浪費在思考上了！

此刻，我能做的事只有一件，那就是逃到太太的引力無法作用的地方，愈遠愈好。現在應該還來得及。就算太太擁有那種神奇的力量，只要我離她夠遠，應該就沒有辦法發揮功效了。

我打定主意，趁著太太還沒醒來前悄悄收拾行李，準備搭上清晨的第一班車逃走。我很肯定這事分秒必爭，一刻都不能耽擱。

誰想到，事態的發展竟然遠遠超乎我的預期。

當車子行駛到離家八個站左右，我的身體忽然動彈不得，彷彿有股隱形的力量阻擋我繼續前進。

接下來的狀況只能用一個慘字形容。我被某種力量強制轉身回頭，兩條腿輕快地邁動，最後終於回到家了。

我可以感覺到自己臉色漸漸蒼白。難道任何方法都不能逃離太太的引力圈了嗎……？

絕望中，我突然想到一件可悲的事。難怪我每一趟離家遠行，都是和太太一起去的。回想起來，我曾興致勃勃地提議搬到市郊住，卻被太太當場打了回票。這還用說嘛，要是眞的搬去了郊區，我出門上班都還沒到公司，就會被太太的引力拉回家裡了。

我想像著一枚發射升空的火箭在空中劃過一道弧線後墜落地面的景象。能夠逃出生天的機會根本是零。我大概只能放棄逃脫的念頭，活在太太的引力圈之內，一輩子聽從太太的頤指氣使了……。我垂頭喪氣，長吁短嘆。這時候，剛睡醒的太太從臥室裡對我下達了命令。

沒有指望的日子一天天過去了。

春去秋來，太太終於連走路都嫌麻煩，從早到晚躺在床上，不斷吩咐我服侍。我心想，只要一切按照她的意思去做，應該就能保住這條小命，只得對她逆來順受。

但我很快就發現，情況恐怕不容許我放心安穩過日了。因爲隨著太太愈變愈重，她的力量也似乎一天比一天強大。

到了這個階段，我連踏出家門都有困難了。就算勉強掙脫那股力量衝出門外，如果沒有抓住東西，根本別想撐在原地。更別說晚上，即使一開始睡在隔壁房間的沙發上，等到睡著了以後，我的身體就會不自覺移向臥室的那張床，等早上睜眼一看，赫然發現自己像磁鐵一樣被牢牢吸附在太太的身上了。

太太的力量日漸增強，到最後，我終於連在家裡都寸步難行了。那股引力吸得我甚至連頭髮都像在狂風中一樣飛揚亂舞。

假如情況繼續惡化，我最後會變成什麼樣呢？到最後，該不會被強猛的引力吸進太太的身體裡面吧？……就這樣一直、一直鑽進她的體內……。

最近，我白天醒著的時候，總是拿條繩索綁在身上，另一端固定在客廳的鋼琴上，以那架鋼琴作爲圓心的範圍內行動；入夜以後，則把自己的身體和鋼琴捆在一起，勉強打盹。

然而，這一切不過是無謂的掙扎。

當太太終於把我連同整架鋼琴一起吸過去時，我明白自己離死期不遠了，連一線生機都沒有了。

就在我領悟到這個結局的瞬間，內心倏然決定乾脆豁出去了。我自暴自棄地解開繩索，用力一扔。

說時遲那時快，我的身體頓時被一股看不見的力量猛然拽拉，在半空中迅速飛回臥室裡。

這些都是在剎那間發生的事，但映入眼簾的景象卻猶如慢動作般，緩緩地往後退去。

我穿過房門，撞上牆壁，身體旋了好幾圈……。

一大團黑壓壓的物體逼近眼前。我的太太，如今已經變成那一團不成人形的物體了。

「我有黑暗的一面。」

當星體的生命週期結束後，最終會演變成黑洞。

我終於明白了，原來太太的心裡潛藏著一個小小的黑洞。

當我被吸進太太的體內，在無底的漆黑中不停墜落的時候，心裡頓時冒出了這個念頭。

我眼前倏然發黑……。

燦爛的晨光，喚醒我睜開眼睛。

我一面想著已經天亮了，一面慢慢起身。

下一刻，我陡然想起所有的經歷，嚇得從床上跳了起來。我在一切如常的臥室裡，坐在一切如常的床上。

我腦筋一時轉不過來，張大眼睛朝四下張望。

身邊睡著一個人。剎時，那場噩夢又回到我的腦海裡。可是我仔細端詳，躺在旁邊的人是個身材纖瘦、肌膚細白的美女，和太太沒有絲毫相像之處。那猶如天使般的美麗睡顏，不禁讓我看得入迷。這位美女到底是誰呢……？

我甩了甩頭，拉回思緒。腦子裡仍舊是一團混亂。先不去想這位謎樣的女人了。我是怎麼得救的呢……？該不會，那一切只是一場夢吧？

「哦，你醒囉？」

睡在一旁的女人張開眼睛，給了我一個像孩子般剛睡醒的甜蜜微笑。她的語氣彷彿是對丈夫說話。揭開謎底的關鍵，是否就掌握在這個女人手裡呢……？

這時，我腦中陡然靈光一閃。

難道我來到了另一個宇宙空間嗎……？

我聽說過，物體被吸進黑洞之後，會從白洞被噴出來。假如之前的太太是黑洞，那麼這個女人或許就是白洞了。而我剛才穿越時空，來到了另一個宇宙空間……。

我打量著眼前這位女人，她的樣貌和之前的太太恰好互成對比，心裡的假設漸漸成為篤定。這麼說，她就是我在這個世界裡的太太了。

這個推論很快就被證明是正確的。也就是說，所有的情況都按照我的預測發展。我們彷彿什麼事都不曾發生過般，過著安安穩穩的日子。一切情況都和過去一樣，唯一的不同就是換了一個太太。我的新太太非常完美，清純溫柔又漂亮可人。此後，我覺得自己宛如活在天堂，什麼都不缺，而從前的那段記憶，或許眞的只是一場夢吧。

可是，時間一久，我心裡開始浮現一種不祥的預感。我隱約感覺自己愈來愈不容易靠近太太了。

我聽見太太低聲說了這樣的話：

「你終究會離開我的……」

太太悲戚的眼神中，隱隱蘊含著一抹無法違抗的強大力量。

白蘿蔔武士

勁風蕭颯。那傢伙腰插白蘿蔔一根，悠然來到這座大城市。

我拎著一袋買好的東西，走在黃昏的街上。

就在行經一條冷清的道路時，忽然發現那個人迎面走了過來。

起初，我沒特別留意他，只隨意瞥了一眼，瞧見那個人也一樣買了白蘿蔔。我根本沒把這件事放在心上，繼續走自己的。

隨著兩人之間的距離漸漸縮短，那個男人一步步朝我靠了過來。就在兩人擦身而過的剎那，那男人身上的白蘿蔔碰到了我手裡的購物袋，我不禁暗叫一聲糟糕，立刻開口致歉：

「對……對不起！」

當我定睛看向他時，頓時大吃一驚。因爲他露出一臉窮凶惡極的神情，狠狠瞪著我。

「你是明知會有啥後果，還故意撞上的吧？」

他陡然厲聲喝斥，嚇得我連解釋都不敢，只能連聲道歉。

「真的非常對不起！」

然而那個男人還是猛然逼近，整張臉幾乎貼在我的眼前。

「你以爲道歉就能了事？這分明是刻意挑釁！」

聽到這裡，我也不高興了。說我挑釁？開玩笑，明明是你自己撞上來的呀！這傢伙爲什麼要找我碴啊？……

儘管有千百個不願意，爲了避免刺激這種不明事理的傢伙做出更可怕的舉動，我還是不斷向他鞠躬認錯。無奈的是，那個男人的怒氣依舊遲遲未消。

「不行，我絕饒不了你！從古至今，但凡兩名武士的佩刀互撞，就必須以決鬥來一分勝負！或者，不如我現在就拔刀斬了你，圖個乾脆爽快！」

說著，那男人便伸手按向腰際的那根白蘿蔔。我腦中一團亂。

刀？這傢伙剛才說的是刀？可是，這傢伙身上哪來的武士刀啊，他插在腰邊的明明是一根白蘿蔔呀！

我再低頭望向自己拎在手中的袋子。他提到了佩刀互撞，不就等於說我也帶著一把武士刀嗎？當然，我的購物袋根本不可能裝著武士刀，裡面只有鰤魚和白蘿蔔而已。

不過，這傢伙還講了一句奇怪的話……噢對，他說要拔刀斬了我。可是，他到底要用什麼來砍我？該不會是打算拿那根白蘿蔔來揍我吧……？

無論如何，可以肯定的是，他的重點放在白蘿蔔的上面。我戰戰兢兢開了口：

「不好意思，如果碰傷了您的白蘿蔔，我願意賠償，請原諒……」

「你說啥？你以爲隨隨便便就能找到另一把像這樣的名刀嗎？可笑至極！」

哈哈哈！聽到這裡，我總算恍然大悟了。這傢伙不曉得什麼原因，居然把白蘿蔔當成武士刀了。

既然狀況弄明白，事情就好辦了。我看還是腳底抹油、溜之大吉，免得和這種傢伙糾纏不清。

然而，就在這一刻，我的腦海裡忽然冒出了「兩鞘相觸」這句話。據說，在以前如果兩位武士彼此的佩刀相互觸碰到，會被視爲冒犯的舉動，有時候甚至因此而發展成必須決一生死的局面。這麼說，這傢伙把兩根白蘿蔔的擦碰當成了武士的兩鞘相觸，所以才說要和我決鬥吧。

明明是他自己撞過來的卻硬要找我碴。不過，想和這種怪傢伙據理力爭，顯然只是白費脣舌。我看，還是找個機會趕快逃吧。

既然想通了他在玩什麼把戲，我也比剛才鎮定多了。

「非常抱歉，不過，既然沒有碰傷白蘿蔔，也不需要那麼生氣吧。」

「那還用說！我這把名刀怎麼可能碰一下就落了痕哩！連這種常識都沒有的傢伙，居然膽敢帶刀上街，你難道不知道羞恥兩個字是怎麼寫的嗎？」

「刀？喔，對，您指的是白蘿蔔吧。我今晚準備煮白蘿蔔燉鰤魚。」

「說什麼鰤魚不鰤魚的，不懂你這傢伙在講什麼鬼話。再這樣耍貧嘴，此刻就拔刀斬了你！」

說著，他從腰際拔出白蘿蔔，擺出架勢朝我比劃幾下。

「在路上亂揮亂舞的，會打到人啊！」

雖說只是白蘿蔔，要是不巧被用力打到，恐怕還是會受傷的。我伸手過去，想讓他把白蘿蔔放下來。

就在這一剎那。

他一個閃身，驟然舉起白蘿蔔往下一劈。我眼前一花，那快如電石火光的一擊已經劃過了我的手臂，我頓時驚呼出聲。

「啊！」

我只叫了這一聲，連話都說不出來。因爲被白蘿蔔劃過的地方滲出了一道隱隱的血痕。

「聽好了，要是再輕舉妄動，可就小命不保嘍！」

我逐漸明白了自己現下的處境。眞是作夢也沒有想到，竟然會被白蘿蔔劃傷了手臂。

我直往後退，他卻握著白蘿蔔步步進逼。

我強自鎮定，腦中飛快地思索對策。

不對，他肯定在白蘿蔔裡塞進利刃之類的物品，否則區區一根白蘿蔔怎麼可能割傷身體呢……？

想到這裡，我開始仔細端詳他手中的白蘿蔔。看起來沒什麼異樣，只是一根再普通不過的白蘿蔔而已。可是，他是怎麼用這根白蘿蔔劃傷我手臂的呢……？

「請……請饒命啊……」

我腦中混亂，聲嘶力竭大喊，一面拔腿就跑。沒想到，他已經料準了我接下來的行動，一個箭步搶先擋在我面前了。

「逃也沒用。除非和我一較高下，否則就算逃到天涯海角，我不惜花一輩子的時間，也一定會抓到你！」

我感到眼前一片黑。難道就要在這種地方一命嗚呼了嗎……？

「請……請饒我一條小命啊……」

我不由自主跪了下來，哀求他饒命。

「可悲的傢伙。」

說著，他把白蘿蔔收回了腰際。我不禁鬆了一口氣。

然而，他接下來講的話讓我萬分錯愕。

「我就大發慈悲，給你三個月。這三個月之內，你就拚命練刀吧。否則我就算打敗你這個不會使刀的傢伙，也沒什麼意思。」

「三個月！打敗？啊！您還是不願意放我一馬嗎……？」

「不接受這項提議，現在就來比一場也行。」

「天啊……」

「三個月後到這地方赴約。想逃也沒用。不管你逃去哪裡，我都會上天下地逮到你！」

說完，他扔給我繪著地圖的一張紙，高聲朗笑，逕自揚長而去。

淚眼婆娑的我愣在原地，完全崩潰。

三個月……這麼短的日子我能做什麼，頂多交代交代身後事罷了……。照這樣下去，就跟等死沒什麼兩樣。我該怎麼辦才好呢……？

就在這時候，忽然有人拍了我的肩膀。

回頭一看，一個身穿和服的男人站在我的眼前。這男人和剛才那個傢伙一樣，腰間也插著一根白蘿蔔。

一看到那根白蘿蔔，我頓時頭皮發麻。想要求饒，卻連聲音也發不出來。

「我已經目睹事情的始末了。」

男人說著，朝六神無主的我遞過來一張名片。他看起來沒打算拔出白蘿蔔，也許無意對我不利……。

我滿腹狐疑，看向名片，立刻被上面的「大師」兩字吸住目光。他開口說話了：

「如何，有意拜我為師嗎？」

我的腦袋跟不上這突如其來的轉折，幾乎要炸開了。拜他為師？這又是什麼跟什麼呀……？

他再一次緩慢地詢問：

「我問你，想不想拜我為師。」

「拜您為師，請問要學什麼呢……？」

我看著他，小心翼翼地反問。

「當然是刀法啊！要是你打輸那傢伙，麻煩可就大了吧？」

刀法……所以這個男人的意思是，他要教我如何拿詭異又會傷人的白蘿蔔當成刀劍來使嗎……假如眞是這樣，當然求之不得呀！這麼一來，我就不必自暴自棄等死了。我實在太幸運了，居然遇上了救命的貴人！

「您眞的願意教我嗎？」

我欣喜若狂，正要滿口答應下來，卻又突然心頭一凜，好不容易才把衝到嘴邊的話吞了回去。

事有蹊蹺。要說巧合，也未免太巧了吧……？

我懂了，這是詐騙的圈套！

只要冷靜下來想一下就知道，再怎麼說，白蘿蔔都不可能變成削鐵如泥的兵器。那傢伙剛才一定用了某種障眼法，只是我沒看穿罷了。

再想想他撂下的話：逃也沒用！我一定會抓到你！……這不正是詐騙集團慣用的手法，以恫嚇的方式讓對方倍感威脅，進而使受害人唯命是從嗎？

這男人說要收我為徒？想必他和那個傢伙根本是同夥，打算向我訛詐金錢。這樣的話，接下來他肯定要提到學費的事了。

「我不收你的錢。」

我的心思簡直被他看穿了，頓時有些狼狽。

「你還有什麼好猶豫的？要是什麼都不做，肯定會成為他的刀下亡魂哩……喔，我明白了，你對我的實力存疑吧？既然如此，那就現一招給你瞧瞧！」

話音未落，他馬步一蹲，從腰間迅然拔出白蘿蔔，順勢朝身旁的郵筒揮了一刀，下一剎那，郵筒應聲裂成兩半，裡面的郵件隨即散落一地。這快得連看都來不及的招式，把我嚇得兩腿發軟。

「說來也巧，我正在尋覓可造之才。要是沒把這門功夫傳授後人，我可沒臉去見師父了。」

既然親眼目睹了他施展的武功，我再也沒有辦法懷疑了。這一切絕不是詐騙的圈套。雖然不知道他是怎麼辦到的，但他的的確確用白蘿蔔砍斷了郵筒……。

「請務必收我爲徒！」

等我回過神來，已經答應要拜他爲師了。

不過，我從來不曉得白蘿蔔能夠砍斷其他東西。只要勤加練習，任何人都能輕而易舉辦到嗎？

進入師門以後，恐怕必須經過一段嚴苛的訓練學習武藝，問題是，我只剩下短短的三個月而已。

這可不是幼兒園的成果發表會，事關我這條小命，不能只是盡力而爲，最後辦不到說聲抱歉就算了事。我憂心忡忡。

「時間只有三個月，您真的能教會我這門功夫嗎？」

這句問話立即惹來了一頓臭罵。

「喂，混小子，你好大的口氣！居然膽敢質問師尊？」

他的怒火不禁讓我倉皇失措。

「你給我聽好了，從今天起，我就是師父，而你是弟子。以後說話可得有個分寸！」

「弟子遵命……」

我嚇得縮成了一團。

「把你的刀拿出來瞧瞧……這是啥玩意？買這玩意是想拿去和同伴玩打鬥遊戲用的嗎？」

「不是，原本打算煮白蘿蔔燉鰤魚……」

「白蘿蔔燉鰤魚是啥？罷了，首先要挑一支適合你的刀，這玩意根本派不上用場。我幫你挑，隨我來！」

說完，他逕自邁步而去，我連忙加緊腳步，緊跟在他身後。

「我第一次知道白蘿蔔可以拿來砍東西。別的蔬菜也一樣可以砍東西嗎？」

他瞄了我一眼，「那還用說！」

「那麼，爲什麼非得用白蘿蔔不可呢？用其他蔬菜不也一樣嗎？」

「白蘿蔔握起來的手感最佳，也最鋒利。不過，如果練到爐火純青的高超武藝，單憑一根紅蘿蔔，也能和白蘿蔔勢均力敵，平分秋色。」

我們來到了巷弄裡一家老舊的蔬果店，裡面賣的只有白蘿蔔一種。

「別家店不可能看到這麼齊全的貨色。一般的白蘿蔔用個幾年就不行了，但是這裡的特級白蘿蔔只要勤加保養，甚至可以成爲百年名刀。」

「那些壞掉的刀，怎麼處理呢？」

我好奇地問一問。

「只能拿去醃醬菜了。」

他開始挑選一根又一根白蘿蔔，十分慎重地依序擺到地上。

「哎呀，你這樣做，老闆會罵人的！」

「什麼你不你的，要尊稱師父！」

「弟子知錯了……師父，要是被老闆看到了，該怎麼辦啊？」

「不礙事，這家店允許客人這樣挑選。

「來，這裡面有幾把上好的刀，你分辨得出來嗎？猜猜看。要成為一流的武士，總得具備挑刀的眼力才行。

……唔，以初學者而言，算是頗有天分。沒錯，根部的顏色愈青，這把刀愈鋒利。不過，你挑的這把刀現在還無法駕馭，必須練到相當的程度，這把刀才有辦法發揮相輔相成的功效。你先用這種等級的白蘿蔔就夠了，拿去付錢。」

我按照指示，伸手接下那根白蘿蔔。

「好痛！」

才剛接過來，立刻痛得我發出一聲慘叫。低頭一看，手指被劃出了一道傷口。

「蠢蛋！哪有人握著刀鋒那一頭的！難道連這個都要我從頭一一教起嗎？記得拿刀時，要握著刀柄那端啊！唉，該拿你這傢伙怎麼辦好哪……」

對於自己的無知，我慚愧得無地自容。

從這天起，我住進師父家，踏上了嚴苛的習武之路。

翌日清晨，師父把還在睡夢中的我拍醒，將水桶和抹布遞給我。

「這是做什麼用的呢？我的白蘿蔔在哪裡？」

我睡眼惺忪地問師父。

「你以為一開始學就能拿刀嗎？首先要由基本功練起，也就是從擦抹走廊開始。」

「不會吧……」

「再囉唆就只給你半碗飯吃！」

我的肩膀被青蔥鞭了一記。青蔥大概被拿來當成平常練習用的竹劍吧。我悻悻然，但只能聽命行事。

擦完走廊以後，師父命令我站在院子裡練習揮刀，但是手裡什麼都不拿，只是空揮。

「就這樣揮一千次！」

我險些昏倒。

「打穩基礎比什麼都重要。」

我只好按照師父的指令，舉起手臂用力往下劈。

手臂很快就感到了痠痛，揮動的角度愈來愈小。疲憊的我，完成動作所耗費的時間也愈來愈長。無奈的是，一旦動作不標準，那根青蔥就會毫不留情地鞭落下來，我只得拚了命地不停揮動手臂。

當揮了超過五百次的時候，手裡便起了水泡；等達到一千次的時候，水泡迸裂，鮮血從掌心滴淌下來。

「你的資質不錯。」

師父的稱讚頓時讓我信心百倍，於是連後續再追加的練習也咬著牙盡力完成了。在我過去的人生中，從來不曾爲任何一件事如此認眞地全心投入。畢竟事關性命安危，絕不容許偷懶怠惰。

接下來的日子，師父派給我的功課就只有練習空揮一種，唯獨次數每天都增加一倍。

過了一個星期，我擔心得忍不住請問師父，期限一天天逼近，要是繼續只做基礎練習，恐怕會來不及在比武前學成這門功夫。

「師父，一直練習空揮有意義嗎？」

「蠢蛋，世上哪一件事沒有意義？」

「可是總得排個優先順序吧？要是再這樣拖拖拉拉下去，眞的來得及在決鬥那天之前學會刀法嗎？」

我極力向師父爭取盡早學習刀法，畢竟這場決鬥攸關我這條命。

師父思忖片刻，終於開了口：

「你這話很有道理。那麼，從現在開始，進入下一個階段的練習吧。」

師父回到屋裡，握著一根新鮮的青蔥走出來。

「接下來用這個練習。」

「師父還不准我拿刀練習嗎？」

我臉上掩不住失望的表情。

「不許回嘴！既然入門爲徒，就必須遵循師門的規範。投機取巧的傢伙，可是無法練成精湛的武術，切記凡事欲速則不達。」

「弟子明白了……」

我握著師父親手交給我的青蔥開始練習空揮，就這樣練了整整三個星期，連自己都不禁佩服自己的毅力。

用青蔥練習完之後，接著改拿牛蒡練習。到了這個階段，我已經有了得心應手的感覺了。手握蔬菜空揮的訓練開始出現實際的成效了。

只不過，牛蒡不同於其他蔬菜的特性，讓我一開始吃足了苦頭。牛蒡比青蔥更有彈性，以致於每次用力朝下揮劈的時候總是會往上回彈。

「師父，您爲什麼要我用牛蒡練習呢？」

「這就是所謂的以柔克剛。」

原來如此，師父果然深謀遠慮。我對自己的眼光短淺不由得感到羞愧。

上午時段的練習結束以後，師父拿來一塊板子，上面吸著圓形的小磁鐵。

「下午講授理論課程。想要戰勝，就必須學習理論才行。單憑直覺出招的傢伙到頭來其實不堪一擊。想要持續提升自身的實力，非得動動腦子不可。」

師父開始講課。他在板子上移動磁鐵，模擬雙方對戰時的陣法，包括對手從左邊劈砍過來時該擺出什麼樣的架勢接招、在充滿障礙物的場所裡該如何出招攻擊，以及在山路上遭到多人包夾時該如何殺出重圍等等。

「這些情況都和平常練的刀法大不相同，必須善加運用手中武器獨特的優勢才行。我問你，當對手舉起鋒利的刀刃從背後襲擊過來時，該怎麼應對？」

「我必須朝前方猛力一跳，拉開彼此的距離，回手以刀尖撥開對方的攻勢，接著伺機使出全身的力量給予關鍵性的一擊，徹底破壞他的武器！」

「太完美了！」

多虧這些日子以來，師父在我練習時一點一滴灌注的知識，因此一聽到問題，答案就自然而然浮現出來了。

就這樣又過了一個月。

一天，師父交給我一根白蘿蔔。那是我當時買下的那把佩刀。

刀身散發著耀眼的光芒，應該是這段時間師父特意爲我勤加擦拭保養的成果。湊近一看，亮晶晶的刀面映出了我的臉。

「你試試用這把刀砍稻草人。」

師父在院子裡擺了一個稻草人。這一刻終於來臨了。如果拿的是別種蔬菜，或許還辦得到，但畢竟這是我頭一次握著白蘿蔔。

「沒經過練習就直接砍，砍得斷嗎……」

我很擔心。

「放心，動手就是了。」

我深吸一口氣，將白蘿蔔高高舉起，全神貫注，用力往下一劈。

「成功了！」

稻草人應聲裂成了兩半。我驚喜地高聲歡呼。

當自己的功力提升了以後，就能夠體會到名刀的厲害之處了。這和從前只能夠拿來食用、毫無抵禦作用的白蘿蔔有著天壤之別。而這樣的一把名刀，如今已經和我達到天人合一的境界了。我喜不自勝，轉頭望向師父，師父同時也給我一個欣慰的微笑。

那天夜裡，師父把我叫進他的房裡，然後拿出了一支錄影帶播放。

「師父，這是……？」

我掩不住驚訝，因爲影片中出現了那個可恨的敵人。

「這是他和我的弟子對戰時的畫面。」

「和師父的弟子對戰……？這是怎麼回事？師父的徒弟除了我，還有其他人嗎？」

「是啊，你的師兄就是死在他的刀下。」

師父的臉龐驟然蒙上了一層陰影。

「那傢伙只要看到武功不及自己的人，就會故意過來碰撞對方的刀鞘，要求決鬥，然後享受一刀砍死弱者的那份喜悅。

我爲了替徒弟報仇，一直暗中跟蹤那傢伙，可惜遲遲沒能找到適當的機會對他動手。就在這時候，你出現了，這簡直是天賜良機。老天爺要我好好栽培你，爲你的師兄報仇。我想，這應該是最好的復仇之計。」

「……原來師父那時候並不是湊巧路過喔？」

師父已然沉浸在回憶之中。

「你師兄是個心地善良的好孩子哪……」

師父講完這句話就不再開口了。他的眼中隱隱閃著淚光。

「我一定要爲師兄報仇！」

我只說了這句話，就立刻告退離開了師父的房間。無論如何，我都必須贏得這場決鬥！

三個月的時光，一眨眼就過去了。

約定決鬥的那天清晨，師父對我說：

「那傢伙踏步靠近對方時，習慣把重心放在左腳上，你要鎖定這一瞬間，撲身衝向他的胸口。」

他指定的決鬥地點是市郊的一處空地。師父和我沒有交談，默然聯袂赴約。

當他看到我出現時，嘴角浮現了一抹邪惡的笑意。

「沒想到你當眞來赴約，沒夾著尾巴逃走。哎喲，瞧瞧一同前來的可不是……？」

我可以感覺到師父正咬牙強忍怒氣。
「看來，您又教出一個愚蠢的徒弟嘍。白費功夫，還眞是辛苦您了呢。」
說著，他已經擺出了對戰的架勢。
我從腰間緩緩拔起白蘿蔔，慢慢架在胸前，心中沒有一絲一毫的焦急。三個月的練習，已使我培養出堅定的自信心。看到我凜然的立姿，他大爲驚訝。
「喔，你還算學了一招半式嘛……」
他滑步朝我逼進，握著刀左搖右晃，試圖擾亂我的視線。我毫無懼意，直視著他，以眼神給予恫嚇。
不曉得就這樣過了多久。終於，他耐不住性子了。
他一個跨步奮力衝向我，可是我早已料準他的舉動了。
勝負就在一瞬間揭曉了。
就在他踏向我的剎那，我猛然朝他的胸前飛撲過去，趁他閃身躲開而失去平衡的那一刻，使出渾身之力給他致命的一擊。他的刀被我劈成了兩塊，蘿蔔汁液四處濺散，我順勢迴刀朝他的身軀斜劃一刀，他隨即兩腿一軟，跪落在地，而這時我已經把刀收回腰間了。

我和師父一同走向癱倒在地上的他，只見他抹去嘴邊的白蘿蔔渣，嚥下了最後一口氣。

師父揚起手，輕輕擱在我的肩頭。

「真是可悲的最後一幕。」

我們師徒埋了他的屍骸，不發一語踏上了歸途，心中百感交集。

不久，我開口對師父說：

「師父，我想浪跡天涯。」

師父彷彿明白我的想法，只緩緩點了頭。

「我要退隱江湖了，之後的事，全交給你了。我畢生的功夫，你已經盡得眞傳了。」

我沒有隨師父回家，就這樣踏上了流浪的旅途。

我感到自己身負明確的使命。我必須繼續握著刀，不許那種惡棍再次出現，更不讓任何人慘遭師兄那樣的厄運。這對不久前的我來說，實在是連作夢都想像不到的事。那時候的我根本不知道自己在這世上具有什麼使命。

走在街上，佩刀而行的武士多得令我咋舌。儘管每一個人都把佩刀藏在購物袋裡面，但是以我現在的功力，一眼就能辨識得出來。雖然絕大多數的人都心存正念，但偶爾還是可以發現內心邪念蠢蠢欲動的傢伙。

有時候，直覺會悄悄提醒我：那傢伙很危險，絕不能讓他苟活，否則後患無窮。這時，我就會悄悄跟蹤，到了僻靜之處快步靠上前去，奪下他的刀子折成兩半。一旦失去了武器，他就沒有辦法做壞事了。銷毀武器之後，我就離開了。我無意隨便殺生。

可是，遲早將遇上像那傢伙一樣壞到骨子裡的傢伙對我襲擊。屆時萬一我的武藝大不如前，那就糟糕了。所以我日復一日勤於練習，不敢懈怠。精益求精，永無止境。

於此同時，我遍訪全國的蔬果店和農家，不停尋找名刀。必須有名刀相配，才稱得上是俠客。因此，我現在腰上插著三把好刀。偶爾我也會去超市看一看，說不定會有無名的好刀摻在裡面，但多半都是些派不上用場的貨色。那些貨色非但派不上用場，有的店家甚至打從一開始就把這些白蘿蔔切成兩塊，擺在貨架上販售。

起初我實在想不透這些店家爲什麼這麼樣做，但是現在已經了解他們的苦心。這是爲了避免被人拿去行惡，乾脆事先把刀折斷。如此具有前瞻性的考量，實在令人欽佩。

我非常同意這些店家的想法，所以每當在農家準備出貨的白蘿蔔堆中找到優秀的刀時，就會直接拔出我的佩刀將它切成兩段。如此一來，即可防範未然。

蚯蚓耕出的大地

在記事本上寫字時，我不知不覺打起盹來。等到醒過來，這才看到翻開的那一頁全是難以辨識的字跡，也就是人家常說的爬滿了蚯蚓字。

我懶得拿修正液塗掉，乾脆另外翻一面乾淨的頁面重寫，寫完以後就闔上了記事本。我嘆了一口氣，知道只要踏出門外一步，悶蒸的熱氣就會撲面而來。我揉了揉睏倦的眼睛，搭計程車回家。最近累得彷彿只剩半條命。

直到隔天早上，才赫然發現了那件離奇的事。就在我隨手從袋子裡掏出記事本時，從頁面之間紛紛落下了某些物體。

我一面奇怪到底掉下了什麼東西，一面伸手探進袋底摸了摸，結果摸到了一些粗粗的顆粒，隨手捏了一小撮拿出來一看，原來是泥土。這些土到底是什麼時候跑到我袋子裡的呢。我百思不解，一面把那些土粒用手指捏到袋子外面。

我沒有多想，順手揭開了記事本。沒想到，我居然目睹了難以置信的一幕。

昨天爬滿了蚯蚓字的那一頁，已經完全變成了土色。不，不單是顏色。我伸手一摸，黏附在頁面上的百分之百是土。我嚇得大驚失色。究竟是誰，又是基於什麼目的，要對我做出這樣的惡作劇呢？

我把記事本攤放在桌上，盯著它端詳，愈看愈不懂這是怎麼回事。在攤開的左右跨頁那塊小小的空間裡，確確實實是一片土壤。看起來並不是人工合成的，而是貨眞價實的天然泥土。

驚嚇過後，隨之而來的是懷念之情。我已經記不得上一次觸摸泥土是什麼時候的事了。我不自覺地以指尖摁了摁土。土壤十分鬆軟，用力一壓，整根手指就這麼直直沒入指根，而且深度顯然已經超過記事本的厚度了。眼前宛如出現了一小片土地，心中湧現的那份眷戀愈來愈強烈。

泥土這東西在我小的時候到處都是，像空氣一樣就在我們的身邊，根本不會意識到它的存在。然而，不知道從什麼時候開始，泥土卻逐漸變成了如此彌足珍貴。

住在都市裡的大廈，幾乎很少有機會接觸到泥土。土地被悶死在柏油路底下，頂多只能在花壇裡瞥見一小塊土壤罷了。雨後充盈在空氣中的那股泥土的芬芳，以及大地帶來的慰藉，就在不知不覺間被我們遺忘了。

隨著這些念頭掠過腦海，我愈發覺得，呈現在眼前的這塊土壤已經超越神奇的境界，而是無與倫比的珍寶了。我小心翼翼闔上了記事本，不讓周遭的同事起疑，若無其事地繼續埋首工作。

回到家後，我拿出記事本，陷入沉思良久，任憑時光匆匆流逝。從前，我時常玩到渾身都是泥土。當時年紀雖然小，卻已經可以從泥土的芬芳之中感受到生命的躍動。

我把記事本整個倒扣過來。不可思議的是，只有表面的土粒掉落下來。如果是裝塡在容器裡的泥土，一定會全部撒到地上。這究竟是怎麼一回事呢？爲什麼會突然冒出這種東西呢？這個泥土之謎在我腦海中不停地打轉。最後，我想到了一件事。

我猜，該不會是昨天寫的那些蚯蚓字，在記事本裡耕耘出這片土地吧？據說蚯蚓能夠肥沃土壤。所以蚯蚓字一定也能夠將記事本變成一塊豐饒的土地。

這個想法非但不合邏輯，甚至到了荒唐的地步了。可是除此以外，實在找不到其他原因。我掏出記事本，拿起筆來，打算按照同樣的步驟重複一次，這樣就能證實這個假設的正確與否了。

直覺告訴我，如果只是刻意寫出形似蚯蚓的文字，應該不會產生效果。我隱約覺得，必須是在半夢半醒、無意識的狀態下寫出來的文字，才會具有奇妙的力量。

因此我不停地寫下一串又一串文字，直到睡意來襲。

等我驚醒過來，已經是早上了。我大概寫著寫著，就這麼睡著了。頓了一頓，我的視線落向手邊，立刻大叫一聲。記事本已經被一片焦褐色的物體覆蓋住了。我連忙伸手去摸，果然是泥土。我的假設得到了證明。

雙手捧起一把泥土湊近面前，大地的芳香沁入鼻腔。

忽然間，我想種花。鼻子嗅著泥土的氣味，使我回想起和媽媽一起在庭院裡蒔花弄草的往事。

一旦起心動念，我再也等不住了，打電話向公司請了假後馬上出門採購。我買回來的是牽牛花的種子。

神奇的是，種子一撒進土裡立刻萌芽。甚至連陽光都還沒照到，就以迅猛的速度飛快竄高。我暗自忖想，應該是豐沃的土壤提供了充足的養分吧。沒多久，就長出了一片遍地花開的綠色園地，淺藍色的花朵開滿了整個房間。

我突然想起了小時候家裡的那一小塊菜園，不禁有股衝動想種蔬菜。於是我買來大量的種子和記事本，一股腦地在頁面上填滿了蚯蚓字。記事本化身而成的菜園，轉眼間就將原本平凡無奇的牆壁變出了一大片盎然的綠意。

那些蔬菜不用澆水也無須施肥就長得很好。蕃茄、小黃瓜、茄子和青椒，一顆顆長得格外碩大，滋味也十分甜美。我心裡感到無比的滿足。撫觸泥土，帶給我一種難以言喻的心情舒暢。說得誇張一點，那是來自古老的年代，當人類仍與大地生息相依的時候最原始的記憶。而那種源自於意識底層的記憶，激發出我此刻感受到的愉悅。

幾個星期過去了。

某一天，當我從地面折下一根玉蜀黍啃咬時，忽然從空氣中嗅到了一股潮濕。我豎起耳朵仔細聽，可以聽到隱約傳來打雷的聲響。

我站起來，從茂密的倒地鈴樹葉間窺向窗外。天空已經染上暮色，卻看不出來有任何降雨的跡象。

就在這個時候，我臉頰感到了一滴冷意。抬頭一看，鉛灰色的天花板上烏雲密布，滴滴答答落下了雨點。這不是漏水，而是天花板變成了眞正的天空。

我還來不及拿傘擋雨，不過眨眼工夫，房間裡已經下起了傾盆大雨。我望著雨水潤澤土地的景象，享受著心靈的寧靜。話說回來，爲什麼會在房間裡下起雨來了呢？我明白了，一定是大地召喚了雨。

午後的陣雨很快就結束了，房裡涼意習習。夕陽西斜，蟬鳴再度響起。泥土的香氣倏然騰升。

這時，我冒出了一個念頭。眞不懂自己爲什麼沒有早點想到這個好主意。

我開始在地上寫起了蚯蚓字，打算讓整面地板都覆滿土壤。我等著睡意來臨，一面打盹，一面緩慢而確實地書寫蚯蚓字。

地板漸漸被蚯蚓耕耘出一片大地。

到了第二天晚上，放眼所見全都是肥沃的土地了。

我合掌掬起一把泥土，緊緊地捏成一團土球。小時候常常捏泥巴球，和同伴丟來丟去鬧著玩呢。

我挖了洞，做出溝渠，想要灌水造出一條河流。就在往下挖掘的時候，伸進土裡的手突然碰到了某樣東西，我挖出來拍掉沾附在上面的泥土，原來是一輛小巧的玩具汽車。我拿著玩具汽車沿著土橋過河，玩了好一陣子。

我愈來愈離不開這片土地了。去到外面的世界，或許永遠都無法置身於這般生氣勃勃的大地。這片大地，鐫刻了地球幾十億年來的記憶。

我無法克制地躺倒在泥土上面。土壤宛如最頂級的彈簧床墊，軟綿綿的。只要摸著泥土，就讓心情完全平靜下來。身體也彷彿要融化似的，我就這樣靜靜地閉起眼睛，腦海裡自然而然摒除了一切雜念。

我拿起筆，開始慢慢地在自己身上寫起字來。

睏意緩緩地湧了上來。

我的身體可以清楚感覺到，原先還能辨識的字跡，也逐漸變成了蚯蚓字。

夢境開始佔據了我。

我出現了幻覺：自己早在遠古時代就已經存在，隨著歲月更迭而來到了現在，此後也將成爲所有一切的起源。我滿腦子只有這唯一的意念，並且感受著自己企盼回歸大地的渴望……。

不知道過了多久，當我睜開惺忪的雙眼，發現自己已經置身於蚯蚓的世界裡，四周洋溢著馥郁的芬芳。

戴白色眼鏡框的男人

對講機的另一方傳來了聲音，對方自稱是新谷。

「咦，大哥，怎麼突然來我家？」

那是一位很熟的好朋友，我平常都稱他大哥。

「有事想拜託你。」

我挪開地上的雜物，打開玄關門，卻沒有看到大哥的人影。我不懂這是怎麼回事，心想該不會是耽擱了一些時間才來開門，大哥等不及就走掉了吧。

我猜不出原因，只好先回到屋裡，結果電鈴聲又響了起來。開門一看，依然沒有人站在門前。

「好奇怪喔……」

就在這時候，忽然聽見有人喊我的名字。我來不及套上拖鞋就趕著開門，探頭左瞧右望，還是沒看到任何人。

「田丸，我在這裡呀！」

我往聲音傳來的方向望去，差一點嚇破了膽。一支白色鏡框的眼鏡浮在半空中。

「用不著嚇成這副德行吧？」

這讓我怎麼冷靜下來呢！

「你還是先站起來吧。」

我剛才大概是腿軟，一屁股跌到地上了。

儘管還沒弄懂眼前的這一幕是怎麼回事，但熟悉的聲音讓我漸漸放心下來。看來，我前一次開門時，白色的眼鏡框和後方的景物疊在一起，以致於沒能看到。

我戒慎恐懼地詢問那支鏡框：

「你變成透明人了嗎？」

大哥是個電腦程式設計高手，才華出眾，想要辦到似乎也不是不可能。說不定他在設計程式的途中，意外發現了能夠變成透明人的指令碼。

「怎麼可能！」

問題是，就算大哥否認，也沒有任何說服力呀！

「那，爲什麼會變成這個樣子呢？」

「我現在就講給你聽。想拜託你幫的忙，也和這件事有關。總之，我們先進去再說吧。」

我請他進來，那副白色鏡框的眼鏡就這麼輕飄飄地跟在我後面進了門。早知道不必騰出位置請大哥坐，剛才就不必浪費時間整理了。

眼鏡緩緩地落在桌面上。

「你說吧，究竟是怎麼回事？」

催促一副眼鏡趕緊解釋清楚，想必是相當滑稽的情景。

「其實，我的本尊就是這支眼鏡框，田丸一直以為是我的那具人體，只不過是我的裝飾品而已。」

少來了，這番解釋未免太異想天開了吧。

「我不會要求你馬上相信，不過你仔細回想一下，我是不是一直都戴著這副白色鏡框的眼鏡？」

「是一直戴著沒錯啊，但是，那是因為這副白色鏡框的眼鏡就像是大哥的註冊商標呀。」

「嗯，不過，我的註冊商標不是這副眼鏡，其實是那具人體。」

「從什麼時候開始的？」

「一開始就是了。」
「是哦……」
我上下打量自己的身體，原來這只是裝飾品喔。
「別看了，田丸和我不一樣啦。」
大哥露出了苦笑。很好，我暫時不必擔心了。
「雖然很難想像會有這種事情，但大概只能相信大哥的話了，畢竟這是白色鏡框眼鏡本人親自告訴我的嘛。」
「我果然沒看錯人，你一下子就接受現實了。」
就算我硬要和他爭辯，又能如何呢。
「接下來，我有一事相託。這件事只能請田丸幫忙了。」
「爲什麼？」
「因爲我信任你。」
這是託人做事時最有效的一記殺手鐧。
「假如能幫上忙，我當然樂意。」

大哥頓了一下，才繼續往下講：

「老實說，我決定要更換裝飾品了。」

「你的意思是……？」

「也就是我要換掉大家一直以爲是我的那具人體了。不是我看厭了，到現在我還很喜歡它，更何況它的長相還不賴。」

對此，我沒有異議。

「不過呢，我最近開始想，一直用同一副軀體恐怕沒辦法進步吧。當然，我的意思不是人類必須靠著不斷改變外貌才能進步。我明白，人類可以堅持不做任何改變，也可以做程度不一的種種改變，這些選擇統統都是對的。不過，在這些選擇之中，我決定踏上一條不斷改變的道路。所以今天，我一來是請你幫忙，再者也要向你道別。」

大哥說得十分懇切。我沒有作聲，安靜地聽他講。

「我想請你幫忙的是收拾我離開後遺留下來的那具裝飾品。我不希望在邁向嶄新的旅程時，還留下一筆爛帳。但是憑我白色眼鏡框的這副模樣，實在沒有辦法好好善後。我知道這個拜託會讓你很爲難，但還是請你務必鼎力相助！」
一股不捨之情湧上了我的心頭。
「你會以新面貌再次出現在我眼前嗎？」
「……不會。我打算在陌生的地方展開全新的生活。」
時間在沉默之中流逝。
「我答應你！」
我勉強擠出開朗的語氣回答。
想必大哥也是經過了一番長考，才做出了這項決定。
「對不起……」
大哥的口吻同樣透著難過。
「你要走了嗎？」
「再待下去，恐怕會動搖我的決心。」
大哥再度浮上了空中。
我彷彿看見眼鏡的邊緣閃閃泛著淚光。

「那麼，後會有期。謝謝你的關照。」

說完，大哥就在夜色中消失了。

隔天，我去了大哥住的公寓。我按照他前一天交代的，探看信箱，裡面果然擺著鑰匙。

開門進去後，那個熟悉的軀體軟軟地躺在床上。縱使明知道那不過是一具裝飾品，但是看在眼裡還是會誤以爲那就是大哥的本尊，心中漾起了不捨。

我輕輕抱起那具人體，裝進大哥事先備在一旁的箱子裡，接著把箱子搬上車，開往他指定的那片竹林。

我到了竹林的深處，找到了他挖好的大洞。大哥已經做妥一切準備，想必是盡可能不想造成我的麻煩。我深深一鞠躬，感謝他的這份體貼。

我把挖出來的土塡回洞裡以後，再一次向他鞠躬，並且在心中默默向他致謝。

除了我以外，大哥似乎沒有把這件事告訴第二個人。大家都不知道他爲什麼突然失蹤了。其中有幾個人認爲我應該知道箇中的隱情，但我還是閉緊嘴巴，沒有說出來。

事實上，有時候我腦海裡不免閃過一個可怕的念頭：我埋進土裡的，該不會是大哥的本尊吧？我是不是被捲進某樁恐怖的陰謀之中遭人利用，成了湮滅證據的幫凶？

不過，每一次我總是很快就打消了這種無聊的推測，並且咒罵自己怎會冒出這種想法。

那一天以來，我再也沒有看過那副白色鏡框了。

不過我相信，大哥一定換上了一具簇新的人形裝飾品作爲他的註冊商標，在某個地方過著快樂的生活。

遙控器

找不到遙控器？那，大概是被那本雜誌蓋住了吧？

果然是在雜誌下面！還好找到了。

不不不，絕對不是我故意藏在那裡的。電視遙控器通常都是躲在那種地方，不是嗎？我是憑直覺知道的啦，眞的。

欸，不可以亂丟遙控器！你說切換頻道以後，它就派不上用場了？可是這樣隨便扔它，不是很可憐嗎？世間萬物都有生命。

笑什麼啦，我可不是誇大其辭，萬物眞的都有生命啊，至少遙控器就有。

你不相信？好吧，雖然我不是很想提起這段往事，但爲了證明所言不假，只好說出來給你聽了。否則以後你還是這樣對待遙控器的話，它未免太可憐了。

我永遠都記得，那是發生在我小學二年級時候的事。是啊，直到今天，我依然清清楚楚記得第一次目睹的那一幕情景，怎麼也忘不掉。畢竟，我看到的是電視機的遙控器居然在沒有任何外力介入之下，自己慢吞吞地正在移動的狀態。

我當時目瞪口呆。或許你覺得我是胡亂編出來的，但這絕對是事實。聽好了，我確實在客廳的茶几上，親眼看到遙控器憑著自己的力量，鑽進了隨手擺在桌面那張夾報宣傳單的下面喔。

當我看到的時候，遙控器的前端已經鑽進去，只看到還露在外面的後半部而已。遙控器一寸一寸地移進宣傳單的下面，沒多久整個身體就全部躲進去了。

換成是一般人，大概會當場昏厥，但我反而興奮得不得了。因爲我從小就是個好奇寶寶。

所以，我一點都不害怕，輕輕揭起宣傳單的一角，探看底下的情形。結果在黑暗中只隱約瞥見遙控器的一端。我雖然很想馬上把它拿出來，仔細研究一下這支遙控器爲什麼會動，但是那時候決定作罷。因爲當時家裡正好養了獨角仙，而爸媽告誡我絕對不准把獨角仙從藏身之處抓出來玩。

到了晚上，即使爸媽開始在找遙控器，我也閉上嘴巴沒作聲，只看著他們到處找。因爲我覺得，不單是遙控器會自己動的事情不能告訴任何人，甚至必須爲遙控器守住它藏身之處的祕密。

不過呢，最後當然一下子就被媽媽找到了。那時候我感覺像是自己的寶貝被人發現了似的，心情十分激動。

媽媽切換頻道以後，就把遙控器往桌上一扔。我心想，這正是解開遙控器移動之謎的大好機會，於是立刻裝作隨手拿起了擺在桌上的遙控器把玩。可是，儘管我在好奇心的驅使之下把遙控器摸了又摸，也把電池拔出來又裝回去，還是沒發現任何可疑的地方。

我把遙控器對著電視機壓下按鈕，和往常的操作結果並沒什麼不同。我的現場調查，就在媽媽由於正在看的節目被我突然換了台而氣得罵了我一頓之中結束了。

但是我還是很想知道遙控器的祕密，所以接下來就回到自己的房間去查百科全書。我找到「搖」的詞條仔細看，卻沒有查到任何關於會動的遙控器的訊息。

我又翻了生物圖鑑，也去看了機械圖鑑，依舊沒能查到什麼線索。我再查了整本都是注音符號的兒童辭典，同樣徒勞無功。最後，我終於偷偷跑進爸爸的書房打開那本很難看懂的辭典。然而，上面還是沒有寫到會動的遙控器。

不過，這樣的結果並沒有讓我沮喪，反而使我更加興奮。我根本無法壓抑那份欣喜若狂，因爲全世界只有我一個人知道這個祕密。於是，我得出結論：毫無疑問，這支遙控器和獨角仙一樣是有生命的！

從那一天起，我開始監視遙控器的行動。

每天放學一回到家裡，我就忙著尋找今天遙控器躲到哪裡去了。有時候遙控器會一直安安分分待在桌上，但是多數時候都是在報紙和雜誌堆的暗處、沙發或地毯底下這些地方發現它的蹤影。遙控器似乎喜歡比較暗的地方。我還曾經在看到一半的書本倒扣在桌上的空隙間找到它。

沒多久，我就愛上遙控器了。我本來就非常喜歡生物，再加上遙控器在我面前絕對不會動的模樣實在太討人喜愛了。我甚至只要看到有人用過以後隨便一擺的遙控器，就會順手拿東西幫它蓋上。

我時常想，不曉得遙控器是吃什麼東西維生的？灰塵嗎？餅乾屑嗎？從遙控器的生活範圍來推測，頂多只能吃到那些東西吧。

或者，它根本不需要進食，只需要電池就能活下去了？我猜應該是這樣，於是拿出一點點零用錢，買了很多新的電池給它。以後只要覺得遙控器的反應不太靈敏，就會立刻幫它換上新的電池。

就這樣過了一段平靜的日子，有件事突然帶給我極大的衝擊。

事情發生的那天，我去奶奶家玩。奶奶很喜歡在院子裡種菜。那一天，奶奶同樣趁爺爺在陪我玩的時候，去院子的小菜園裡拔拔草、澆澆水。

我和爺爺玩夠了，難得想看看奶奶在做什麼，就跑到了院子裡。我蹲在奶奶旁邊，一面抓著土玩，一面有一搭沒一搭地看著奶奶忙著照顧蔬菜。

就在奶奶搬起花盆想要換個地方的那一刻，我在原先擺放花盆的位置瞥見有個東西在蠕動——原來是一隻蛞蝓。

很多人都很厭惡蛞蝓，我倒沒有那麼討厭。所以，在好奇心的驅使下，我開始睜大眼睛仔細觀察那隻蛞蝓的行動。牠看起來也喜歡陰暗的地方，簡直就和家裡的那支遙控器一樣嘛。或許是對遙控器的喜愛，沖淡了不少我對蛞蝓的厭惡吧。

然而，就在下一剎那，發生在眼前的意外把我嚇呆了。奶奶把花盆搬去別的地方放好以後回到這裡，在發現蛞蝓之後採取了令我不敢相信的舉動。是的，奶奶居然一腳把那隻蛞蝓踩死了。

那一刻，我背脊發涼，不由自主大叫起來。

那應該不是我第一次目睹蛞蝓被弄死的情景，但是，有一股從來不曾有過的感受，鮮明地自心底湧現而出。由於這隻蛞蝓讓我聯想到遙控器，因此我有種錯覺，眼前被踩爛的彷彿是自己的那支遙控器。我感到一陣反胃，一句話也沒說，就這樣默默離開了奶奶家。

我一回到家，拿著遙控器就躲回自己的房裡了。一股難以名狀的恐懼在我的體內逐漸蔓延開來。

直到現在，那一幕仍然深深烙印在我的腦海裡，也就是所謂的心理創傷。我心想，必須盡快幫助遙控器逃命，免得它和蛞蝓一樣慘遭不測。於是我帶著遙控器趕緊衝出家門，逃往附近的樹林裡。

我拚命往前跑，非得幫遙控器找到一個最安全的藏匿之處才行。

雖然爸媽曾經叮嚀過我不可以單獨進入樹林裡，但我那時的心情根本顧不得自己的安危了。我一秒都沒有遲疑，直往樹林的深處走去。

我在沒有路的樹林裡不停穿梭，終於找到一個看起來很適合的地點。

一截覆滿青苔的枯木倒在地上，旁邊還有一些碩大的石塊。大樹的枝葉遮蔽了天空，四周充斥著潮濕的空氣。

我猜想，把遙控器藏在這裡，應該誰也不會發現，心裡總算鬆了口氣。

我看準了一塊石頭，走了過去，打算稍微挪開那塊石頭，這樣就可以幫遙控器布置一個方便藏身的小窩了。

一抬起石頭，映入眼中的情景實在太過震撼，我不禁鬆開手，石頭應聲落地。實在想像不到，那塊石頭底下竟會出現這樣的景象——那裡居然躲著大大小小、形狀各異的遙控器。

裡面有和家裡一樣的電視遙控器，也有空調遙控器，甚至還有比掌心還小的遙控器，應該是電風扇專用的。總之形形色色，縱橫交錯，悄悄躲在石塊底下。連我那麼大膽的人也不禁張口結舌，連叫都叫不出聲音了。

我戰戰兢兢地再一次抬起石塊。果然不是眼花，和剛才那一瞥看到的情況一模一樣。

我看了一陣子，逐漸平復了驚嚇的情緒。於是，又忍不住開始好奇起來，猜想著這裡到底是什麼樣的地方？

小小年紀的我立刻恍然大悟，這裡是遙控器們的歸宿！可是，它們爲什麼會在這裡呢？

我又一次茅塞頓開，這些遙控器一定是從家裡逃出來的！仔細端詳，可以發現每一支遙控器的按鈕都磨損了，渾身布滿了目不忍睹的疤痕。乍看之下，那些損傷只是歲月的痕跡，但再細看，卻又不像是單純是久用後的老舊。我敢打包票，那些遙控器一定是受不了主人粗暴的虐待，所以才逃出家門的。

既然這裡是許許多多遙控器棲身的家，那麼我的遙控器應該也可以住得很舒適吧。我決定把遙控器放在那裡。對它的愛有多深，離別時就有多難受。但是，爲了遙控器著想，我還是下定決心，把它輕輕放在石頭的縫隙之間，頭也不回地離開了那裡。

到了晚上，爸媽想不透遙控器爲什麼消失了。沒有遙控器很不方便，因此他們馬上就訂購了一支新的。可是，我又幫助那支新的遙控器逃出家裡了。

就這樣連續三次，爸媽開始害怕起來，終於不再買遙控器了。所以我家到現在都沒有遙控器呢。

這就是事情的來龍去脈。

所以說，萬物都有生命，這樣你懂了嗎？啊，至少遙控器是有生命的喔。生命可貴，一定要好好珍惜。

要是像你那樣亂扔遙控器，再過不久它應該就會逃走了。萬一你實在太粗暴，在它自己逃跑之前，我可就會先來帶它逃去那個地方的喔。到時候，你就算後悔也來不及了，所以要好好善待它才行。只要你們相親相愛，說不定有一天它會蹭到你身邊撒嬌呢。

聽起來像是玩笑話吧？不過，就我而言，並不希望過度溺愛遙控器。

理由是，自從在奶奶家目睹那一幕之後，我實在沒有辦法把兩者分開來想。是啊，儘管外貌截然不同，但我直到現在看到遙控器，還是會忍不住聯想到蛞蝓。

哎，不是有句話用來形容養育孩子到成人，叫做「親手拉拔長大」嗎？如果動手「拉拔」蛞蝓，你知道會有什麼結果嗎？

我倒是不曾拿遙控器來試過。再怎麼想，都不應該把遙控器又拉又拔的。

文字

我翻開看到一半的雜誌打算消磨時間，卻覺得看起來不大對勁。明明還不到老花眼的年紀，不可能看不清楚書上的字。想了半天，還是不知道爲什麼會有這種感覺，乾脆闔上雜誌，大白天就喝起酒來了。

「哎，偶爾去外面運動一下嘛。」

太太走了進來對我說。

「也好。」

她拿起我隨手擺放的雜誌，翻開來看，沒多久就扔在一旁了。

「最近不管看什麼都覺得沒有內容，無聊透頂。用字遣詞毫無意義。」

我側躺下來，支起手臂撐著腦袋問太太：

「我問妳，不覺得看起來不太對勁嗎？」

「你是指內容嗎？」

「不是，是整本雜誌。不覺得好像……哪裡怪怪的嗎？」

太太把雜誌撿起來又翻了一下。

「你這麼一說，似乎不太一樣。」

「是吧？」
「可是，哪裡不太一樣呢？」
「我就是弄不懂啊。所以才會一邊喝酒一邊思考。」
太太直盯著頁面看，彷彿陷入了沉思。
就在我打開第二罐啤酒的時候，太太突然叫了一聲。
「我知道了！是文字的字型不太正常！」
「不太正常？」
「這個嘛，我也說不上來，反正和以前不一樣。」
「我看看……嗯，照妳這麼一說，的確不太一樣。等一等，上個月的應該還在，我來對照看看。」
「這種雜誌你每個月都買？」
「消磨時間嘛。」
我從書報籃裡找到了上一期的雜誌，相互對照印刷的字型。
「果然從這一期開始換了字型。」

「爲什麼要換字型呢？」

「我想，應該沒有什麼特殊的理由，雜誌社偶爾會在排版上做些改變。總之，看起來不太對勁的原因已經找出來了，我也開始睏了，來睡個午覺吧。要吃晚飯時再叫我。」

我趴下來，享受著暖暖的陽光。

從這一天起，奇怪的文字開始到處出現。我是在看公司的文件時，再度察覺到了這件事。

愈看愈覺得和往常的文件不一樣。不過，充斥在文件裡的貧乏內容和空泛言詞，倒是和以前沒有兩樣。

「我問你，公司從什麼時候開始改用這種字型的？」

坐在隔壁的同事問了我。怎麼覺得這句話我好像在哪裡聽過。

「把手上的文件給我看……果然沒錯！你看這裡！」

我朝他指的地方仔細一看，雖然列印的設定都沒有變動，但是今天印出來的文件，就是和昨天之前的字型有著些微的不同。這時，我終於想起來了，昨天才和太太聊過這件事。

「是不是最近流行這種字型呢？我昨天看的雜誌也用了同樣的字型喔。」

那種字型是以深黑色勾勒出邊緣，內部則用灰色填滿整個輪廓。大家既不曉得原因，也不知道怎麼會出現這種字型，一個個百思不得其解。

過了一陣子，這種奇怪的字型開始大量出現在電腦的網頁和電車的廣告上了。不到兩三天的時間，放眼所見，所有的文字全都變成了那種新的字型。

「再怎麼講，總不可能把全世界的文字一口氣統統置換吧。」

「那，還能想到其他的可能嗎？」

「想不到耶。咦？妳看看這個，又變得不一樣了。」

我把手上的雜誌遞給太太看。

「的確不太一樣……是不是輪廓裡面的顏色變得更淡了呢？」

太太指著頁面上的文字，把雜誌遞回來給我。

聽她這麼一說，我也覺得和不久前的灰色部分相比，現在又變得更淺，彷彿文字的內部逐漸消失了。

「該不會文字可以自動變化吧？說不定之後輪廓裡面會完全變成白色的，就像那種鏤空的字型。」

太太的預言竟然成眞。幾天之後，周遭所有的文字全部變成了鏤空的字型。

事態發展到這個階段，電視新聞終於天天報導這個奇特的現象了。新聞台特別錄製了特輯來探討這種現象的原因，可惜沒能做出任何結論。那些號稱名嘴的人士翻來覆去說著不知道從哪裡抄來的老掉牙的言詞，而專家們也只是裝模作樣，侃侃暢談誰都想得到的簡單理由。我想，他們本身其實同樣毫無頭緒吧。至於那些節目畫面上的跑馬燈，當然也都是鏤空的字型。

「果然和妳預測的一樣。爲什麼會發生這種情形呢？」

「就算想破腦袋也想不出來吧。」

在電視節目的影響之下，我也養成了喋喋不休去討論一件找不到答案的議題的毛病。

「不過呢，說不定文字正在退化喔。」

太太有時候會脫口說些莫名其妙的話。

「退化？」

「不是有個名詞叫做形式化嗎？就是沒有實質的內容，只有外在的格式。我覺得好像就是那樣。」

太太很自然地繼續往下講。

「你想想，文字變成鏤空的字型，也就是文字的內容變得愈來愈空洞吧？近來，一些徒具華麗的詞藻、完全沒有內容的文章，不是愈來愈多了嗎？所以文字的內部也跟著消失，變成只剩下輪廓而已了。」

「妳這個想法眞有意思。原本文字就是逐漸進化而來的，所以就算退化了也沒什麼好奇怪的吧。」

我和太太在輕鬆的談話中結束了這個話題。

文字的字型不久以後開始變胖了。我是在看書的時候察覺到的。

「我問妳，最近的字型是不是變大了？」

文字的間距和行距變得愈來愈小，彷彿朝鏤空的字型裡面灌入空氣，使它逐漸膨脹起來。

「這個，如果拿東西戳它，會怎樣呢？」

太太從客廳拿了牙籤過來，突然把書翻到最後一頁，對準最後那一個字，也就是句點。書頁上的句點圓圓滾滾的，像顆氣球似的。

「啵」的一聲，句點往四面八方迸裂開來。下一秒，原先被句點頂住的那些文字一個接一個從書裡飄了出來。我宛如在觀看肥皂泡一起飄上空中的情景。

等我回過神來的時候，整個房間裡已經飄著滿滿的文字，全是趁我沒留意的時候，不知道從哪裡溜出來的。放眼望去，這才發現這些都是從電腦和手機的畫面裡飄出來的。我突然想到，最近有愈來愈多句子寫到最後並沒有放上句點。

太太正忙著到處玩戳破句點的遊戲，玩得十分入迷。她逐一戳破報紙上的每一個句點。

「好美喔……」

那些文字化爲小小的立體字型，飄了上來。往窗外一看，每一個地方都有同樣的東西輕飄飄地浮在空中。像「い」和「に」這種筆畫沒有連在一起的文字，一飄出來就立刻各分東西了。

從逼仄的空間裡掙脫出來的那些文字，體積一天比一天大。才看到約莫和手掌一般大，馬上又大了一圈，緊接著再大了一圈，不斷變大。

走在街上，常看到孩子們拿文字來玩遊戲。

空中的文字裡也摻著英文。有些孩子拿「O」投向飄在空中的「I」，像在玩套圈圈的遊戲；也有兩個孩子各握一個「V」，玩著像用松葉玩拔河的遊戲。

太太把那些文字蒐集起來襯在底下當作椅墊。我們甚至在假日去公園，用那些奇奇怪怪的飄浮文字來打排球當作休閒活動。

電視節目極力主張用「O」和「0」來取代救生圈，如此一來在救援時就不必耗費任何成本了。郵購的型錄也把「イ」裝飾一番之後，當成椅子販售。他們比起解開這種現象的謎團，更有興趣的是如何善加利用，趁機大賺一筆。

文字一寫到紙上就立刻剝落。即使原本寫得小小的文字，也會在空中飄上一陣子以後馬上變大。

天上充斥著如肥皀泡一般的飄浮文字。它們有時相互擦撞之後結合在一起，形成了外型古怪的文字。

還有許多文字碰上了尖銳的物體或是被鳥啄，於是在空中迸裂開來。那些皺縮殘破的碎片從天空紛紛掉落到地面，成爲麻雀的糧食。

有一天，太太說：

「你不覺得最近天空裡的文字變少了嗎？」

「好像是喔。是不是因爲萎縮或破掉以後，掉到地上了？」

「有一部份好像是這樣，但是似乎還有一些飄到更高的地方去了。」

「什麼意思？」

太太又開始說起莫名其妙的話了。

「我覺得，有一些文字飄到外太空了。」

太太說她拿望遠鏡觀察過。

「飄到外太空，要做什麼呢？」

「我也不知道啊。不過，我猜它們大概想去外太空旅行吧。」

去旅行。這個想法太奇特了。

「我總覺得，那些變輕的文字會在宇宙空間中分頭前往各自想去的地方，遲早會抵達其他的星球，然後在那片土地上萌芽，孕育出新的文字。」

太太那些莫名其妙的推論，通常都相當準確。

「這麼說，我們這麼多年來使用的文字，也是很久以前有一批變輕的文字，從宇宙某個遙遠的地方來到這個星球繁衍而成的囉？」

又過了一段日子，天空中不再出現任何文字，人們恢復了平凡的生活。

我走在路上，發現從那些掉落下來的瘦巴巴文字之間，遍地萌發出新生命了。

試煉

早上一起床，時間已經超過八點了。八點半開始上課，到學校要三十分鐘，這下慘了！我立刻換衣服出門。

我住在大廈的六樓，平常都搭電梯到一樓。可是像今天這樣趕著出門的時候，就會往樓梯衝下去。在急著出去的時候連等電梯都覺得浪費時間。

我奔向樓梯，忽然覺得看起來和平常不太一樣。樓梯口圍著一條繩子，上面掛著「危險・禁止使用」的告示。今天早上怎麼那麼倒楣啊。這樣一來，我只能搭電梯了。

我趕緊折返到電梯前，狂壓下樓的按鈕。這時，我突然察覺情況有異。電梯抵達樓層的燈號顯示在不同的樓層間上上下下的。平常有這種狀況嗎……？

不對，不可能發生這種狀況。應該是燈號顯示異常，等一下要通知管理員才行。話說回來，怎麼到現在還沒來呢？我從來沒有等過這麼久。電梯恐怕故障了，說不定根本不能搭了……。

電梯抵達的通知聲響把我拉回現實。哎喲，電梯沒壞嘛。快快快，趕快進去。沒想到浪費了那麼多時間，要快點趕去學校。

電梯門開啓，搭乘的人比我預期的還要多。裡面有一看就知道是倒完垃圾回來的阿姨，還有拎著公事包的上班族以及學生。那些人擠滿整部電梯，就和客滿的電車沒有兩樣，這奇特的景象讓我猶豫了一下。可是，我已經遲到了，這是最後的機會，不容許我打退堂鼓了。我想辦法從縫隙間擠了進去，才總算進了電梯。

門片關闔，電梯啓動了。

「嗄？」

我不禁叫了一聲，一時不知道該如何是好。因爲感覺到地板把我整個人往上推。是的，原本應該往下降的電梯，居然開始往上升了。

電梯上升了一會兒，突然停住了。

「我要出去！我要出去！」

有個阿姨嚷嚷著擠出了電梯。

「總算出電梯了……」

阿姨站在電梯口嘆著氣嘟囔。門片合攏，終於開始往下降了。我雖然不明白究竟發生什麼事了，反正電梯已經向下移動，這樣我就放心了。

電梯下到二樓，門片再度開啓。還以爲有人要搭，可是門前根本沒人，而電梯裡面也沒有人要出去。門很快就關上了，到底爲什麼要停在這個樓層呢……？雖然想不出理由，算了，別管那麼多了。快啊，快到一樓！

可是，事情不如想像中順利。不知道爲什麼，電梯又開始往上升了。先停在七樓，接著是五樓，然後是三樓，最後，又回到六樓了。

我腦中的混亂到達了極點，忍不住詢問旁邊的人：

「到底發生什麼事了？」

「我也想得腦袋快要爆炸了。」

「從早上就一直是這樣嗎？」

「對。我進電梯已經整整一個鐘頭了。你看那邊，好像還有人比我更早進來的喔。」

我循著他說的方向望去，看到一個上班族一副相當不耐煩的樣子。

他正抬頭望著天花板，所以我也跟著把視線移向天花板，赫然看到了不可思議的景象。

「那是什麼東西？」

「天花板似乎變成輪盤了。」

「啊，對喔！的確一閃一閃地在顯示樓層數字。可是，爲什麼會變成這樣呢？昨天還沒有看到那種東西吧。啊，該不會……？」

「你猜得沒錯。停靠的樓層就是依據那個輪盤來決定的。請注意看……」

下一秒，輪盤的燈號顯示十一，不久，電梯就停在十一樓了。

「電梯一直都是這樣，就是不到一樓。我早就遲到了。」

原來如此。我再次環顧四周，幾乎所有人都直勾勾地盯著天花板看。大家同樣凝視著輪盤，各有各的想法。有人看起來似乎打算聽天由命了，低著頭直嘆氣，也有人已經徹底死心，慢慢等待回到自己所在的樓層。

看著形形色色的這些人，我下定決心，要和這部電梯耗下去了。事到如今，無論如何我都非得堅持到最終的目的地。

面對這種神祕的現象，我有自己的一套解釋。

這一定是對於人類過度依賴便捷的事物，以致於失去了耐心所受到的懲罰。怠惰的風潮正在世界各地蔓延，藉此機會可以掃蕩這種惡習，不是很好嗎？況且，現代人受到時間的束縛，無時無刻都在擔憂趕不上下一個行程。在這樣的生活中，我們的人生不知道失去了多少東西。

現在正是該徹底反省的時刻。這是上天對於太過依賴文明利器的人類所施予的懲戒。這樣的試煉，無從迴避。

不容妥協。堅持到底。非得達成使命不可！我懷抱著無比的決心。

不曉得過了多久，那個時刻終於到來。輪盤停在一的位置，電梯開始下降了。

啊，我辦到了！我通過這項試煉了！

電梯門打開，一起熬過苦難的伙伴們蜂擁著衝了出去。

我彷彿已經好久沒有呼吸道外面的空氣了，連心情都變得清新爽快。我想，應該很多人都和我有同樣的感覺。

我看看手錶，已經遲到很久了。不過，在經歷過這場考驗之後，遲到根本算不上什麼了。一種達成使命的痛快從頭頂流灌到腳底。

來吧，向學校出發了。我心中滿是成就感。我感覺自己成熟了許多。此後，不管發生什麼事，現在的我都有把握能夠跨越任何障礙。大廈的自動門緩緩打開。

可是，映入眼簾的情景讓我愕然。每一條道路都被隔成棋盤狀，旁邊還排著骰子。當我看到這一幕，不禁愣在原地，無法動彈。

千代紙

2

我隨手拿起一本雜誌瀏覽，恰巧在其中一頁的角落看到了那家公司刊登的求才廣告。那是一家製造千代紙的公司。我對千代紙沒有任何相關的知識，只記得小時候用過幾次而已，但是千代紙所擁有的那種難以形容的美麗相當吸引人，讓我決定要去拜訪那家公司。我工作沒了以後過了一段逍遙的日子，存款已逐漸見底了。

「您好，我剛才打過電話……」

這裡與其說是公司，不如說是一家小工廠比較吻合我看到的感覺。而且在看到出來接待我的職員身上的穿著以後，我更肯定這是一家工廠了。

「我曉得……請進。」

身穿藍色工作服的男人說話的語氣懶懶散散的。

「我看到貴公司的徵人廣告了，今天想來拜會一下……」

「好啊……請往這邊走。」

他帶我穿過看似辦公室的房間，走進擺著好幾台機器的一處空間。角落有個大水槽，裡面游著幾條很漂亮的錦鯉。還有不知道爲什麼要放在這裡的傘桶，桶內插著好多把傘。今天氣象預報說會下雨嗎？

「這裡是作業區。」

「那麼，就是在這裡製作千代紙吧。」

「是啊。」

過了一會兒，從機器裡面噴出了一張色彩鮮豔的千代紙。我靠過去，請問那位職員可不可以讓我摸一摸。

「原來千代紙這麼漂亮喔。這個菊花的圖案眞的好美。」

「喔，這樣啊……」

職員像是隨便聽過就算了，並沒有露出開心的表情，大概是常聽到人家這樣稱讚吧。他可能認爲做出漂亮的紙是自己的本分。

話說回來，下一張千代紙遲遲沒有從機器裡吐出來，是不是一張一張慢慢製作呢？可是，既然使用機器，不就代表是大量生產，否則何必使用機器呢？

「方便讓我參觀整台機器嗎？」

職員輕輕點頭，邁開了步伐。我在他後面趕緊跟上。

我們繞到後方，剛好是方才所在位置的視線死角。我看到有個年輕人正在把某些東西扔進機器裡。

「請問他在做什麼呢？」

「他在放千代紙的原料。」

我不太懂。

「這麼說，是把紙張放進去嗎？」

「放紙做什麼？紙張本來就裝在機器裡了呀。」

「那麼，他放進機器裡的是什麼呢？」

「圖案的原料。現在是菊花的時段。」

我懷疑自己聽錯了。

「菊花？爲什麼要放菊花呢？」

職員一臉驚訝。

「那我請問你，假如不放菊花的話，你認爲會發生什麼狀況？」

「會發生什麼狀況……？」

「機器不斷製造白紙出來，這樣不就白費功夫了嗎？那可不能叫做千代紙。你要那種沒有用的紙片嗎？」

「不……」

我隱約覺得這段討論似乎有點失焦，但又說不上來是哪裡不對勁。是我想太多了嗎？

「對了，請問從放進菊花到變成千代紙，這中間經過哪幾道工序呢？」

「不曉得耶。我們只是按照規定啓動開關而已。假如你想知道那些無聊的事情，請去接洽製造這些機器的大公司吧。來，我現在就把電話號碼告訴您，紙筆準備好了嗎？」

和這個人講話怎麼好像總是離題，到底是什麼地方怪怪的呢？我兩手抱胸想了一下。就在這時候，那個職員開始說出一串數字了，我連忙攔住他。

「以後再請教您。」

「這樣啊。」

職員請我隨意參觀，說完就回去辦公室了。

我走近那位正在放菊花的年輕人。

「您一整天都這樣負責放菊花嗎？」
年輕人轉頭看我，表情呆滯，眼神渙散。他歪著頭，愣愣地伸手指向自己。
「對對對，沒錯，我想請教您這個問題！」
我有點難以置信地再次強調。
「您一直都這樣負責放菊花嗎？」
年輕人的腳邊擺著一束束菊花，堆得相當高。要是一不留意，說不定會絆倒。
「我負責做幾種不同的千代紙，每一種使用的原料都不一樣……」
「其他還用了什麼原料？」
「在那邊。」
年輕人指著插在傘桶裡的大量雨傘。
「原來如此。還有別的嗎？啊，說不定，那些漂亮的錦鯉也是原料？」
「嗯，沒錯。」
「那些東西是從哪裡取得的？是不是有專門供貨的廠商呢？」
「傘是從便利商店的傘架上拿來的，鯉魚是從附近的魚池裡撈來的。」

「什麼？從傘架上拿？那和小偷有什麼兩樣！」

「這樣說也沒錯。」

「該不會連鯉魚也是偷來的吧？」

「每一次去撈魚的時候，魚池裡的魚都會變回原來的數量，我想，魚池的主人一定同意我這麼做……」

「那只是魚池的主人把被偷走的數量補進去而已吧。你居然一次又一次去撈，這已經觸犯竊盜罪了，甚至還有可能涉及非法侵入住宅罪哦！」

「是哦，我也不知道，從來沒有人告訴我這些事吔。對了，你好像對法律很熟，那可以告訴我嗎？我會怎麼樣呢？」

年輕人一臉呆滯，聽他的語氣，似乎並未把這些事放在心上，更沒有打算親自去查清楚。所謂說一動、做一動的人，就是像他這種典型。

「……總不會連那種枯木上開著美麗花朵的圖案，也是偷偷潛入豪門大院，連花帶枝攀折下來借用的吧？」

「是啊，您是怎麼知道的呢？那些都收在倉庫裡。」

「這麼說，仙鶴也是從什麼地方偷來的囉？」

「怎麼可能！附近總不會有人養鶴吧。所以，我們工廠不製造仙鶴圖案的千代紙。」

看來，他的能力僅止於在附近盜取東西。

年輕人一邊回答我的問題，一邊故意不停瞥了瞥機器，像是在暗示他想回去工作了。

「那麼菊花是從哪裡……」

「附近剛好有花農栽種，就從那邊……」

也就等於是偷來的。我一定是個笨蛋，否則不會問他這個問題。

「啊，那最重要的紙張呢？我想，附近應該沒有造紙廠，那麼到底是從哪裡拿來的呢？」

年輕人漫不經心地靠近機器一步，想把一直拿在手上的菊花丟進機器裡。

「當然是向業者買來的呀！」

年輕人說著，抬起腳想跨過那堆菊花，就在這一刻，他被菊花堆絆了一下，整個人摔進機器的投擲洞裡了。剎時，機器發出嗶嗶嗶的警示聲，我根本來不及伸手拉住年輕人，他就被機器吸進去，消失了。

怎麼會有那麼蠢的傢伙呢！

不對，現在不是說風涼話的時候。我衝去辦公室叫那個職員。

「糟糕了！那個放菊花的員工被捲進機器裡了！」

只見職員一點都不慌張，從座位慢慢站起來。

「又來了，偶爾沒留神就會發生這種事，讓您見笑了。」

我沒有辦法接受這個回答。

「他會變成什麼樣呢？」

職員說了句我現在拿給您看，逕自走去作業區，馬上又回到了辦公室。

「您看，就是變成這樣。」

我接過紙張一看，上面印著剛才那個年輕人平凡無奇的臉。

「這已經是最近的第三個人了。原本這裡有兩個人，其中一個掉下去變成千代紙了，所以才會刊登求才廣告，這樣一來又要加一個人了。總共要聘到兩個人才做得來啊。」

他嘀嘀咕咕的，順手把那張紙揉成一團，想要扔進垃圾桶裡。

「你你你……你想做什麼？」

「還能做什麼，當然是丟掉啊。這雖然是從千代紙製造機做出來的產品，卻根本不是千代紙，只是一張廢紙罷了。這種東西誰要呢？還是，你想帶回去嗎？」

「我才不要呢！」

我斷然拒絕以後又想了一下，馬上反悔了。

「我看，還是我收下吧。」

就這樣眼看著這張紙被丟棄，恐怕會有揮之不去的罪惡感。

「您的喜好還眞特別呀。先不說這個了，您想要來我們公司工作吧？如果有意願，我們立刻錄用，希望您今天就開始上班。」

「我想回家冷靜下來再想一想。」

誰要到這種地方上班啊！

回到家後，我把要來的那張紙攤開，將紙上的摺痕盡量壓平。那張呆滯的面孔正以渙散的眼神望著我。這種讓人起雞皮疙瘩的東西，實在不夠資格成為千代紙，我看還是乾脆扔了吧。不行，說不定會遭到報應。萬一每天晚上那張無精打采的臉孔都會出現在我的夢中，那就慘了。

具有色彩鮮豔的花紋和圖案的千代紙。只要看到這樣的彩紙，心情也跟著飛揚；然而這張印壞的東西，就算只瞧上一眼，也會令人心浮氣躁。

誰也捨不得在上面留下摺痕的千代紙。但是眼前的這一張，只想讓人用力把它揉成一團，狠狠地丟出去。

說到這裡，我想，您應該可以了解，我最近為什麼根本沒有心思去找工作了。因為我一直在煩惱該怎麼處理這張千代紙。

2 印有各種日本風格圖案的彩色紙。

乾貨

不不不，沒關係，那些東西請放在那邊不要動。

我沒事，很正常。我會把東西放在那裡是有原因的。事實上，這些全都是和我同時期進公司工作的工藤送我的。

對了，我還沒告訴過你關於工藤這個人吧。

工藤有一張並不陽剛的迷人臉龐，廣受女孩們的青睞。

他穿搭的服飾也非常華麗。

而且他還會模仿媒體業界人士慣用的稱法，故意把我的名字「田間」顛倒過來，叫成「間田」。總之，有些人會覺得他很膚淺，也因此對他有不少誤解，不過只要和他聊久一點，就會對他完全改觀。他其實是個思慮周詳、認眞踏實的傢伙，唯獨有個習慣讓人不敢恭維，就是經常徹夜不回家。對此，我倒是裝作不知道就是了。

另外，工藤非常講究時尙。他甚至穿過鬆垮款式的衣服到公司，也穿過全是荷葉邊的顯眼衣服來上班。在我這個不懂流行的人看起來，這種舉動只不過是爲了引人注目的膚淺行爲罷了。當我把這個想法告訴他的時候，他朝我吼了一聲「喂」，既生氣又好玩地笑得合不攏嘴。我蠻喜歡他的這種反應。

大約在認識一年以後，我才知道工藤有那種奇特的嗜好。

有一天，我打算邀工藤一起吃午餐。就是那一次，我目睹了難以相信的情景。

我走近工藤的座位，正要開口叫他，忽然發現他嘴裡嚼著東西。

那時，我心想：什麼嘛，都已經在吃東西了，那今天就沒辦法陪我吃午餐了吧。不過，禮貌上我還是開口問問他要不要一起吃。

就在這個瞬間。

我看到了工藤放進嘴裡的物體，不禁懷疑自己眼睛有毛病。

「工藤，那是……」

工藤與眾不同的作風，已經演變成特立獨行的程度了。因為他在吃的物體，毫無疑問的居然是碎布。

啊，工藤正以牙齒撕開布片，大嚼特嚼。這讓人怎麼相信呢？

「咦，間田，你在幹嘛？」

不會吧，在幹嘛這句話應該是我問你才對吧。我看得目瞪口呆，一下子沒辦法擠出話來回應。我頓了幾秒，才狼狽地接下去說：

「沒什麼，只是想邀你一起去吃午餐……」

「是哦，可是我今天打算吃這個就好。」

我其實大可當場離開，再也不靠近工藤這個人一步。不過，畢竟我和工藤是好朋友，所以故意用調侃的口吻問了他：

「那個，我還是問你一下好了……你正在吃的，是布吧？」

結果，工藤不曉得到底懂不懂我現在的心情，還是和平常一樣嬉笑怒罵，朝我「喂」了一聲。

我不懂工藤到底哪裡不服氣，只能站在原地聽他怎麼說。

「你不能換個好聽一點的講法嗎？雖然說它是布也沒錯，但我希望你用衣服這個名稱。」

「這麼說，你在吃的東西果然是布……」

我再也找不到話往下講了。我雖然知道工藤擁有很多衣服，但是眞的不曉得是拿來做這種目的使用。看來，他實在太熱愛衣服了，以致於做出這種舉動。眞令人爲他掬一把同情之淚……。

我感覺眼前發黑，正準備離開，工藤忽然對我說：

「間田，你是不是誤會了？雖說是衣服，但這是專供食用的衣服喔。而且這個可不是一般的衣服，而是做成乾貨之後的衣服呢。」

「專供食用的衣服？乾貨？」

我滿臉問號，腦中混亂，不知道該從哪裡抽絲剝繭，解開這個謎團才好。

工藤一副沒好氣的表情告訴我：

「衣服分成穿戴用的和食用的兩種，對吧？你想想，魚也一樣，分成觀賞用和食用的兩種，不是嗎？」

這傢伙在講什麼啊？我實在無法理解。不過，如果我不接受「衣服可以食用」的這個假設前提，就沒有辦法和他繼續談下去了。我只好點點頭。

「我明白那不是一般的衣服了。那，乾貨又是什麼？」

「就是字面上的意思啊，做成乾貨的衣服。」

我還是第一次聽到，世界上居然有這種東西。

「怎麼做出來的？」

「問得好……」

看工藤的反應，顯然是很滿意我問到了重點。

「首先，必須先把衣服片成兩塊。」

「怎麼片？」

「當然是用菜刀啊。拿刀對準衣服的正中間，從領子開始一路劃到衣襬下面，然後把裡面的東西沖洗乾淨。」

「裡面的東西？」

「內臟啊。」

他一派輕鬆，故意說得怪腔怪調。瞧他說得斬釘截鐵，想必衣服真的有內臟吧。

「把裡面洗乾淨以後，接著進入以鹽醃漬的程序。經過這道步驟，能夠引出衣服的甘甜，使味道變得更順口喔。接著浸在純水裡漂洗，然後掛在通風處晾乾。最好放在戶外，盡量接受太陽的曝曬。這樣，乾貨就大功告成了。」

我在心中反駁：後半部就和平常洗衣服沒什麼不一樣嘛。

「製作乾貨最重要的是風勢強勁，所以我每次要做乾貨時，就會前往海濱小鎮，架起網子曝曬衣服。這樣做出來的乾貨含有豐富的鈣質和DHA，值得我費工製作。」

被裁成兩塊的純白色T恤被曬得乾乾的情景，鮮活地浮現在我眼前。

「那，要怎麼吃呢？」

「至於這個，直接吃也可以，不過還是用小炭爐烤過最爲鮮美。炭火烤掉多餘的油脂，香氣更是逼人，那種滋味眞是美妙無比。衣服的乾貨和所有的酒都合拍，與紅酒也同樣搭配，這眞是再好不過了。」

的確，再沒有比乾貨更棒的下酒菜了。

「食用的方式雖然會影響口感，但是製作乾貨最重要的關鍵在於使用新鮮的衣服。要是有人對我說：把這麼新鮮的衣服拿去做成乾貨實在太可惜了！那就表示俺已經是人生勝利組啦！」

講到一半，工藤突然換成關西腔自鳴得意。眞不知道他到底和誰在競爭。

「要去哪裡取得鮮度一流的衣服呢？」

我猜，不是澀谷就是原宿吧。

「很多地方都可以買到，但是最好的來源還是築地吧。」

眞沒想到，時尚流行的聖地居然隱身在那裡。

我想像著大量服飾從水裡捕撈上岸的情景。襯衫、馬球衫、夾克、羽絨衣、雙排扣大衣……。在那座龐大的魚市一隅，竟然摻雜了這種奇特的品項。該不會還要撒上冰塊裝進保麗龍箱子裡出貨，送到銀座販售吧。

「假如想要眞正的上等貨，一大清早就要到築地採買了。」

原來是這麼回事。工藤之所以經常早上才會到家，原來是去參加清晨的競標拍賣。儘管這不是重點，但我終於明白了。工藤，對不起，以前誤會你了。

「可是，最近我迷上了用更新鮮的好衣服來做乾貨。」

看我一臉納悶，他好意解答：

「就是用親自釣到的衣服來做呀！」

「釣衣服？去哪裡釣？」

「海裡。」

我問了個笨問題。

「有道理喔，如果綁上很多附有小針的魚鉤垂釣，應該會釣到很多童裝吧。就是像小竹筴魚那樣的小衣服。」

「那種小小的直接整件曬乾也很好吃，不過，要做成乾貨，尺寸還是得大一點的才好。」

「所以你是搭船海釣囉？」

「不是，只要到伊豆那邊，從岸邊把釣線拋得遠遠的，就能釣到很大的衣服喔。對了，下次釣到了以後，也分一些給你吧。」

那時候我心想，就算收到那種東西，也不知道該怎麼辦才好。

這就是事情的經過。所以這些衣服，是工藤釣到以後分送給我的。是啊，所以那些堆放在冷凍庫裡的，就是工藤在伊豆釣到的食用性服裝喔。

其實，他送給我不光這些，其他的正晾在藍色的三層網架上掛在陽台。至於網架擺不進去的部分，才會送進冰箱裡。

喔，你問裹在保鮮膜裡的那一件嗎？那是我今天的晚餐呀。多餘的衣服，我試著切成生鮮百匯。你沒生吃過新鮮的衣服吧？我剛才試過味道了，很下飯喔。這種鮮度，確實值得讓人佩服居然奢侈地拿去做成乾貨。

唯一讓人困擾的是，由於工藤送我太多了，就算直接生吃，也還剩下好多衣服，丟掉太可惜了。既然外表看來就像平常的衣服，所以我想乾脆直接穿上身好了。沒錯，我現在穿在身上的黃襯衫，就是工藤送我的新鮮衣服。

不過，等到親自穿上以後，我才體會到工藤那傢伙所說的話是什麼意思。大概是因爲可供生食的鮮度使然，穿到身上總覺得很不自在。我沒辦法忍受，只好趕快脫掉，正打算晾在衣架上拿去風乾呢。

你問這處汗漬嗎？沒錯，就是我試吃的時候不小心滴到醬油了。

不過沒關係，工藤說過，這種汗漬更能展現出更高的格調，使乾貨變得更美味。千萬不可以把這種汗漬洗掉喔！是啊，經過烘烤以後，風味絕倫。各式各樣的汗漬，反而能提升衣服的滋味呢！

棉雲堂

像座落於夢幻三丁目的棉雲堂那樣有意思的店，實在少見。

此刻，有位男士正在如同迷宮一般的巷弄裡迷了路。他看到掛在店門前那塊不起眼的招牌，不禁嘴巴半張，無法合攏。看來，他似乎已經被這家店擁有的奇妙氛圍給吸引住了。

「這裡叫做棉雲堂喔……」

眼角瞥見的天空被厚厚的雲層遮蔽住了。

男士的臉湊近店門上的霧玻璃，試圖窺看裡面的模樣，可惜沒能如願。於是他伸手一推，木門喀啦喀啦地發出了不太順暢的軌道滑動聲。

「歡迎光臨，不好開吧？要推開這道門得用點巧勁。」

隔著霧玻璃隱約可以看到裡面有人影。只見有個男人臉上露出如蓬鬆空氣般的溫柔微笑，從店裡走了出來。

「來，請進。」

這位應該是店主。他請男士進來店裡後，就坐回最裡面的櫃臺，戴上眼鏡，從讀了一半的口袋書裡抽出書籤，笑著說了句：「請慢慢看。」然後視線又回到書裡了。

男士直到這時才仔細打量這家店。定睛一看，近似讚嘆的聲音險些從他的嘴角流洩出來。然而，哪怕是些一絲一毫的聲音，他都不允許自己發出。

他根本找不到任何話語來形容此刻的感受。連一個字都想不出來。

他腦中只有一句話：是雲啊……。

狹窄的店裡彷彿陳列著一塊塊切割下來的天空，實在令人難以置信。從乳白到群青、藍紫、橘紅、紫紅、暗紅，甚至還有鼠灰色和鉛灰色的小雲朵在沒有水的玻璃缸裡飄飄然地載浮載沉。

「……」

那些明亮的色塊就算放在沒有直接被燈照到的地方，看起來也會自體發光，至於沒有發光的，就是屬於黑色系的色塊了。這個區塊的光線確實沒有調暗，卻像是低調地隱匿自身的光源。早在還沒看到如此對比的差異之前，男士的一顆心已被這裡深深吸引了。

「這些雲是商品嗎……？」

店主一派氣定神閒，他的悠然自得幾乎到了可憎的地步。

「當然全都歡迎選購。」

男士不知道自己這輩子是否曾經見識過這麼多種美麗的雲彩，這裡已經徹底打破了他過去對雲的既定印象了。

他一直認爲，天空之所以美，是因爲清湛的天藍色。然而，那是因爲有雲彩襯托出天空的美。雲彩與天空，相互輝映。此時此刻，他親眼證實了那種理所當然的協同作用其實並不存在。在萬里無雲的日子裡，似乎正是因爲沒有雲，才讓天空看起來如此美麗。

就在這短短的時間裡，男士的腦海裡已經轉過好幾個念頭了。

「先生，您怎麼了？是不是身體不舒服……？」

店主有些擔心地起了身，他的頭不小心撞到了從天花板垂掛而下的一個竹筐，竹筐裡發出了銅板掉落的聲音。

「好痛……又撞上了。我眞該好好想一想，換個地方掛了……」

店主的哀嚎聲，把男士拉回到現實當中。

「這裡美得無法形容，我剛才看得入迷了……」

「謝謝您的讚美。」

店主的臉火辣辣的，難爲情地搔了搔面頰。

「這些雲是怎麼做出來的呢？」

「不是做出來的喔。」

「那麼，是怎麼拿到的？可否在您方便的範圍裡告訴我呢？只告訴我一點點也沒關係。」

男士激動得探出了身子。

「您似乎眞的很有興趣想知道，連我也跟著興奮起來了。好，那就告訴您吧。歸根結柢來說，這些雲是飼養出來的。」

「飼養？雲是從蛋裡面孵化出來的嗎？還是……」

男士實在沒有辦法繼續往下說。雲屬於爬蟲類嗎？還是哺乳類呢？

「要生出幼雲有幾個方法，主要有兩種。第一種是水花飛濺形成的水霧，雲就是從那裡誕生的。」

「水霧？」

「是的。根據仔細調查的結果，發現必須滿足幾項特定條件，我只簡單報告結論，那就是這附近的深山裡有座瀑布，底下的水花飛濺形成的水霧，正好能滿足那些條件。」

「原來是瀑布。」

「我稱那裡爲棉雲瀑布。」

「這樣呀。那麼，該怎麼把雲抓下來呢？」

「用這個呀。」

店主打開抽屜，取出了一件物品。

「用免洗筷嗎？」

「把這個掰開成兩根……嘿，掰開了。然後，像這樣繞圈，把雲絮纏在上面。」

「……簡直和棉花糖一樣呀。」

「就是因爲像棉花一般的雲，所以小店才取名爲棉雲堂。另外，在免洗筷的前端要先沾上自製的香甜糖水，這樣可以更有效地抓住雲絮。」

「原來雲喜歡糖水。」

男士露出了微笑。

「第二種，您還想聽嗎？我怕講得太仔細，就沒意思了。」

「請務必說給我聽！」

男士的眼中閃耀了如少年般的光芒。

「那麼，我就告訴您。另一種方法是溫泉的氤氳熱氣。」

「原來如此，確實有道理。」

「這同樣要到深山裡找湧出天然溫泉的地方，我們要找的就是水面上升起白色的氤氳熱氣。」

「的確，在浸泡熱水時，不斷冒出的熱氣讓人忍不住想要伸手將它纏下來。」

「就是這樣！就是這樣沒錯！我的靈感就是從那裡來的！我也是某一天在那處不爲人知的溫泉裡浸泡時，不自覺地伸出手指想把熱氣纏下來呢。結果，柔軟的纖維竟然就眞的一圈一圈地纏在手指上了。我泡在裡面很久，手指繞個不停，幾乎都要頭暈了，最後眞的讓我繞出了一球可愛的雲朵。我把它帶回房間裡放開，它果眞飄在空中呢。我在那裡看到了天空的縮影，美得讓我張口結舌。就和您方才一樣。」

語畢，店主露出和孩子一樣純真的神情，咧嘴而笑。下一秒，嗶的一聲，有個電子的巨大噪音劃破了這份安寧。

「啊，儀表超過上限了！請容我失陪一下。」

店主說著，動作熟練地忙著調整東西。

「您在忙什麼呢……？」

「不好意思，請再稍待……呼，沒事了。」

店主抹去了額頭上的汗珠。男士不解地詢問：

「沒事了，是指什麼呢？」

「飼養雲必須精準調控溫度和濕度，剛才溫度計的數值超過了上限，所以我把它調回正常的狀態了。屋子裡多了一個人的體溫，使得室溫上升了。」

「雲相當敏感呢。」

「是啊，就和照顧小孩一樣。不過，人們常說，愈不好照料的孩子，愈讓人打從心底疼惜。也就是這樣，讓人對雲的喜愛更加強烈了。我也一樣，雖然把它們把在店裡賣，卻被它們迷得神魂顛倒呢。它們各自有不同的個性和優點。當然，也有不好的地方，但還是讓人愛不釋手。
不過，請放心，像您這樣擁有眞正純潔心靈的客人，我很樂意將它們轉讓給您。您應該有興趣吧？請將您喜愛的雲帶回去。」
聽到店主的這番話，男士的眼睛發亮了。
「眞的可以嗎？」
「當然。」
「可是，這麼多種雲，眞不知道該選哪一種……」
男士指著眼前的一個玻璃缸。
「例如這種雲，它有什麼樣的特性呢？」
那是玫瑰色的雲絮。
「這一種雲非常纖細，只要稍微戳一下就會破個大洞。不過纖細歸纖細，它卻擁有相當強大的力量。是的，它正是拂曉。只要欣賞著這種雲，就會感覺像是看到了黎明。」
接著，男士又指了另一種請教店主。

「這種深灰色的雲是什麼樣的呢？」

「說來不怕您誤會，這傢伙的性格陰沉，會讓人沮喪。」

「那怎麼行呢？」

「不不不，這傢伙也有能發揮功效的地方。」

「您的意思是？」

「世界上有些人膽大包天，就可以用這個來治好那種麻煩的脾氣嘍。要是膽子太大，他們本人或許過得逍遙自在，但是身邊的人卻是天天坐立難安，不是嗎？周遭的人被嚇得有幾條命都不夠用，一定很希望他們能改掉那種脾氣。這時候，只要把這種雲放在房間裡，您猜會怎麼樣呢？前一刻還嚷嚷著要在高樓大廈之間架上繩索騎摩托車橫渡的傢伙，忽然變了個人似的膽小如鼠。他會叨念著這種事肯定不會成功，不敢做了，往後走在人生的道路上必須腳踏實地，盡早讓身旁的親友感到安心。如此一來，家人也就能放下心裡的那塊大石了。」

「原來如此。」

男士的目光隨即被疊在上面的那只玻璃缸給吸引住了。

「這是……？」

「銀杏色很漂亮吧？至於這種雲呢……」

「Stop！您剛才說過，講得太仔細就沒意思了。請給我這個。我要自己發現這是什麼樣的雲！」

「呵呵，好的。」

說著，店主笑嘻嘻地鑽進裡屋，過了一會兒，他拿著一個好大的透明塑膠袋回到這裡。

「請稍待一下喔。」

店主甩開袋口，很快地把飄在玻璃缸裡的雲裝了進去。

「來，這給您。」

男士喜笑顏開，向店主深深一鞠躬致謝。

「請好好對待它喔。」

男士單手拎著雲，推開店門，此時外面竟和夜晚一樣昏暗，豪雨狂暴地打在柏油路上。

店主給了男士一把傘，說是不曉得誰忘在這裡的。

「飼料是高濃度的果汁，請用噴霧器噴在它身上。」

自始至終，店主依舊維持一貫的泰然自若。

男士回到家裡，打開窗戶望著天空。雨勢依然沒有減緩，鉛灰色的密雲布滿了整個天空。

他心想：嗯，銀杏色，一種筆墨難以形容的濃烈色調。怎麼會有如此讓人感慨萬千的雲呢……。

沒有料到，就在他從壁櫥裡翻找出玻璃缸放在地上，鬆開塑膠袋口準備把雲倒進玻璃缸裡的時候，意外發生了。

「啊！」

他手一滑，雲團居然咻的飛出來了。男士被這突如其來的意外嚇得驚慌失措。

他拚命伸手想抓住，可惜雲團一溜煙地飄走了。

「不能去那邊啊！」

男士大喊也沒用，雲團彷彿得到了指引，立刻從窗口飛上了仍在降雨的天空。它扔下了丟了魂似的男士，愈飛愈高，愈變愈大。

店主正在回想剛才的那位顧客。他在讀到一半的口袋書裡夾上書籤，站起來朝開了一道縫的窗戶仰頭探看天空。

他想著：正覺得怎麼沒了雨聲，原來不知道什麼時候雨已經停了。這才過了多久，現在就開始想念那個被送走的孩子了哪……。

店主的眼神像個思念遠方孩子的父親，無限感慨地站在窗前良久。

街上的行人奇怪著這場大雨怎會說停就停，一個個抬起頭來望著天空。

天上有著銀杏色的雲，還散發出耀眼的光芒。

那充滿希望的溫柔色彩，將天空映得更加燦爛。那種光線使得夢幻三丁目的街道顯得愈發妖媚。

男士被這美麗的景象迷得連剛才那場混亂都拋在腦後，站在窗口愣怔地望著天空很長一段時間。

終於，他回過神來，不經意地看了手指一眼，發現上面沾著一些銀杏色的纖維。

他輕輕地將它揉成一球，擺進玻璃缸裡，那小得幾乎看不見的雲球儘管飄得歪歪扭扭，仍然射出了一道神聖的光芒。

輝夜姬

很久以前，有對老夫妻靠著伐竹維生，相依爲命。

有一天，老奶奶在家裡煮飯，只見老爺爺忽然氣喘吁吁地從山裡回來了。

「老太婆啊，快來看！快來看哪！」

老奶奶湊前一瞧，老爺爺的懷裡竟抱著一個小娃娃。

「哎唷，哪來的娃兒呀？」

老奶奶驚訝得瞪大了眼睛。老爺爺回答說：

「是從一根發光的竹子裡找到的哩！」

「眞的呀？這可是老天爺賜給我們的哪！」

膝下無子的老爺爺和老奶奶一齊雙手合十，感謝上蒼的賞賜。他們把這個小女娃取名爲輝夜姬，對她萬般呵護。

輝夜姬以超乎尋常的速度成長。老爺爺和老奶奶看到女兒一天天長大，心裡無比歡喜。

然而，隨著女兒的日漸成長，老爺爺和老奶奶開始擔心起一件事來了。那就是輝夜姬與眾不同的容貌。

在老爺爺和老奶奶的眼中，自然是捧在掌心怕碎、含在嘴裡怕化的可愛閨女，只要能夠健健康康長大，他們別無所求。

然而，一想到女兒的未來，這對老夫妻總是有些心疼。他們明知道女子只要具備賢良淑德就夠了，貪圖姿色而來的男人絕不是好東西。然而，換個角度想，能讓乘龍快婿願意登門求親的不利因素，當然是愈少愈好。

其實，以今日的眼光來看，輝夜姬是個國色天香的大美人，可惜以當時的標準而言，卻是誰也不屑一顧的醜陋女子。可憐的輝夜姬，只能說生不逢時。時尚流行眞是可怕的東西。

也因爲這樣，所以街坊鄰居聊起輝夜姬時，頂多只覺得她的來歷實在不可思議，誰也不會對她的容貌多提兩句。

於此同時，輝夜姬家的隔壁鄰居也有個與她年紀相仿的姑娘。這位姑娘不同於輝夜姬，在當時堪稱絕世美女。在那個資訊流通並不發達的年代，她的美貌早已流傳千里。

不過，鄰家的姑娘儘管姿色姣好，才德卻不足一提。不知道是與生俱來還是後天養成，總之她具有美人常見的嬌縱之氣，習慣大家對她的阿諛奉承。在同性的眼中，想必對她討厭極了。

但是，異性都當她是世間絕無僅有的下凡仙女。尤其曾經遭到她冷若冰霜對待的男子，對她更是念念不忘。眾多美男子聽到了傳聞之後，不辭遠路只爲一親芳澤，並且無一例外地拜倒於她的石榴裙之下。

終於，連當時的諸位皇子也聞訊而來，浩浩蕩蕩地抵達輝夜姬的鄰家。一見到來人竟是皇子，這個姑娘總算……不，比誰都震驚的應該是她那嚇得腿軟的爹娘。不過，姑娘也只是起初吃了一驚，等恢復鎮定以後，並未特別在意，對待皇子和一般男子沒什麼不同。她爹娘儘管坐立難安卻也幫不上忙，只能在一旁靜觀其變。

然而無計可施的皇子們並不灰心，認爲再多下點功夫就能博得美人青睞了，要是現在放棄，那麼早前的一切努力可就化爲泡影了，於是他們依然天天趕著出門去會美女。

一個月圓的夜裡。衣裝金光閃閃的一群陌生人，悄無聲息地從空中飛到了輝夜姬的家裡。

恰巧出來解手的老爺爺，就這麼撞見了自家的小院子裡出現一群正在東張西望的陌生人。

「欸，各位大爺並不面善，請問有何貴事？」

看到他們身上華麗炫目的衣裝，老爺爺儘管有些狐疑，用字遣詞仍是客氣。

「時候到了，今日正是恭迎輝夜姬回返月宮的時刻。」

老爺爺聞言，大驚失色。

「原來如此，難怪輝夜姬會從那麼奇怪的地方生出來。可是，諸位大爺爲何知道小女的閨名呢？倘若各位的答案不能讓老夫心服口服，咱們家的輝夜姬絕不能讓大爺們帶走！」

「在天界也好，在凡間也罷，輝夜姬永遠是輝夜姬。公主必須回返月宮。」

「欺人太甚！我不許！絕對不許！」

「吾等無意動粗。」

「不行就是不行！」

「好，今日暫且打道回宮。切記，吾等遲早要接公主回去。對了，可否讓吾等拜見公主一面？」

來自月宮的使者們殷切期盼能夠見到輝夜姬。

老爺爺於是進屋喚了老奶奶，把事情的經過說給老奶奶聽，接著也喚了輝夜姬，把事情再講一遍。輝夜姬誓死不肯回去月宮。瞧見女兒說什麼都不願離開的模樣，老爺爺和老奶奶也下定決心，絕不讓那些人把女兒帶走。

然而，對方畢竟從天界而來，不好隨便打發，萬一他們使出神力，凡人絕不是對手。老爺爺決定暫且滿足使者們的要求，便把輝夜姬帶往院子裡了。

使者們見到輝夜姬的剎那，臉都綠了，儘管他們旋即正了正神色，但可以感覺到只是強自鎮定。老爺爺從頭至尾很仔細觀察對方一舉一動，立刻察覺到他們表情的變化。

「好極好極，公主已出落得亭亭玉立……」

講到這裡，使者再也說不下去，一行人只能笑著圓場，但他們的笑容看起來似乎是乾笑。他們的臉上明明白白地寫著：會不會是找錯人了？

其中一位使者朝老爺爺附耳低問：

「這一位當真是輝夜姬嗎……？」

老爺爺回答，正是。

「是嗎？請恕無禮。」

老爺爺氣得怒火攻心，在心裡連連咒罵：真是太沒禮貌啦！不像話！居然以貌取人！

使者們有氣無力地說了聲「來日再訪」，便飛向月亮了。

七天過後，那群使者又來了。但是和上回比起來，已經沒了堂而皇之的架勢。

「吾等前來恭迎輝夜姬回返月宮。」

他們這段話像在念台詞似的，彷彿只是基於職責而執行被交派的任務。

「請速速隨吾等回返月宮。」

使者們只想交差了事。老爺爺和老奶奶走出屋外接待來客，並告知輝夜姬仍然堅決不肯回宮。

不過，老爺爺和老奶奶嗅到了異樣的氣氛，假如沒有小心應對，說不定這些使者眞的就此放棄，逕自回去了。這對老夫妻雖然不願意讓他們帶走輝夜姬，但也看不慣這些傢伙敷衍的態度。

老夫妻心想：這些傢伙實在太沒有熱忱了，分明是他們上門來要人的，瞧瞧現在是什麼態度！眞是太無禮了！老爺爺和老奶奶開始對這些出爾反爾的使者產生疑慮。

使者們之後又來了幾趟，每一趟都比上一趟更加有氣無力。

就這樣，某一天，鄰家姑娘隔著籬笆往這裡探頭張望。她聽見這邊有男子的聲音而感到好奇，湊近過來窺探。

一看到鄰家姑娘，使者們一個個兩眼放光。其中一位近乎吶喊似的吼叫：

「這位姑娘是誰？」

使者們的態度和前一刻簡直判若兩人，臉上無不發出光彩。另一位開口說道：

「諸位，可否借一步說話？」

「何事商討？」

「請恕僭越。公主說什麼都不肯回返月宮。屢次迎接，吾等已非常明白公主堅決的意志了。倘若強迫公主回宮，似乎有所不安。」

「唔，吾等確實只顧任務執行，完全無視公主的意願。」

「吾等實在太自私了！」

使者們就這樣你一言我一語地嚷嚷起來。

「承蒙諸位諒解。在此，小弟想提出一個建議，換言之，能否將那位姑娘代替公主，帶回月宮呢？」

「原來如此，確是好計！」

幾乎每一位使者都一齊用力點頭，甚至還有人鼓掌叫好。

老爺爺和老奶奶一時不解事情爲何突然起了變化，只能愣愣地張著嘴巴。

「且慢！這個法子或許可行，然而吾等的公主畢竟是獨一無二的輝夜姬，總不能帶其他人回去充數呀！」

一個認眞的年輕使者說道。其他使者儘管恨不得把他揍倒在地，可是他確實言之有理，誰也無法反駁。

「看來，此事尚需從長計議。」

好不容易總算有個使者打了圓場，於是他們決定把這件事帶回去仔細討論。

老爺爺和老奶奶只能在一旁聽他們得出結論，什麼事也做不了，茫然無措地目送使者們回去月宮。老夫妻倆進了裡屋，向輝夜姬託稱使者們今天同樣無功而返了。

月宮的使者們聚集在一起開會。即便回到了月宮，他們誰也無法將鄰家姑娘的美麗身影從腦海裡抹去。不僅如此，那張不時浮現的姣好面容，竟使他們連輝夜姬的長相都想不起來了。多數使者都認爲應該放棄輝夜姬，改帶鄰家姑娘回到月宮。

儘管如此，仍是有忠誠的使者堅持必須奪回眞正的輝夜姬。於是，有一天，某位使者終於做了一份假報告呈了上去。

「卑職方才去了凡間一趟，查明了事情的眞相。其實，鄰家姑娘才是眞正的輝夜姬。早前以爲是輝夜姬的那位姑娘，只是毫無相關的人罷了。」

於是，事態急轉直下。

沒有人懷疑這份報告的眞實性。就連原本屬於反對派的使者們，其實心裡也很希望鄰家姑娘就是輝夜姬。藉此契機，那些忠誠的使者亦開始發揮強大的領導力，積極投入帶回鄰家姑娘的計畫了。

於此同時，遲遲沒有見到使者們的造訪，輝夜姬覺得自己彷彿被棄置不顧了，心裡很不是滋味。每到夜裡，老爺爺和老奶奶總在談這件事。輝夜姬有次偷聽，這才知道使者們似乎打算改爲帶走鄰家姑娘，所以最近經常造訪隔壁。

這事傷了輝夜姬的自尊，對使者們輕浮的態度更是生氣。況且老爺爺和老奶奶辛辛苦苦把自己拉拔長大，事情演變至此對兩位老人家十分過意不去。

於是，始終打定主意不回月宮的輝夜姬態度終於軟化，開始在言談間表示既然對方如此堅持，那麼回去月宮也無妨。

可惜，爲時已晚。使者們已經被鄰家姑娘迷得神魂顛倒，露出一副色瞇瞇的嘴臉，從月宮捎來上好的禮物，想方設法要將鄰家姑娘帶回去。

畢竟兩家比鄰而居，老爺爺這邊就算充耳不聞還是會聽到隔壁的動靜。看著使者在鄰家擺出的陣勢，心裡實在不好受。一開始說一定要帶回輝夜姬的那群人，上哪去啦？

「喂，老太婆！」

於是，老爺爺暗中把老奶奶喚來，夫妻倆開始商討無論如何，非得把輝夜姬交到使者們的手裡。這是基於爲人父母疼愛子女的親情。老爺爺攔住來到鄰家的使者們，央求他們把輝夜姬帶走，無奈他們並不搭理。

鄰家姑娘起初不肯答應，最後終於決定要去月宮了。她心想，自己已經厭倦了凡間的男人，不如去月宮玩弄天界的男子吧。

就在使者們要把鄰家姑娘帶走的那一天，皇子們出動大批兵馬阻止。無奈的是，平凡的刀箭兵器根本無法抵抗來自月宮的神力。最後，皇子們不顧顏面，可憐兮兮地痛哭流涕，甚至跪下來磕頭求饒。然而，這一切都沒有意義了。

不久，鄰家姑娘佯裝依依不捨，還假意百般不願地踏上雲霧，隨著使者們升天而去了。

至於輝夜姬……不，已經不需要任何言詞來形容她此刻的心情了。

老爺爺和老奶奶拿眼偷瞄自家女兒氣鼓鼓的那張臉，不知該如何是好。

田邊同學的布袋

升上新的年級後，我發現一開始坐在旁邊的田邊同學似乎和別人不太一樣。上課時，他總是呆愣地望著沾了水的蠟筆，下課時間則拿起小粉筆段畫弧線，興致勃勃地拿量角器測量彎曲的角度。

可是，有時候他會帶會發光的蟲子來學校給大家摸。我那支紅鉛筆不見了的時候，他一直陪我找到最後，真的是個善良的人。

田邊同學有一件神奇的東西，那是一個純白的布袋。他的布袋什麼都裝得進去。田邊同學把所有的課本都裝在那個布袋裡。早上到學校以後，就從布袋裡把要上課的課本掏出來，回去時再一股腦統統塞進去。其他還有體育服、紅白帽，甚至是口風琴那麼大的東西，全部都可以裝進那個布袋裡。

在換教室上課的時候，我的袋子裝不進去的水彩組，田邊同學也很大方地幫忙裝進他的布袋一起帶過去。那個布袋看起來都快撐破了，卻總是能容納所有東西。真好奇那裡面到底是什麼樣子呢？

有一次，我悄悄拜託他讓我看布袋裡面，他說玩三盤猜拳，假如我猜贏了就讓我看。可是，我每次和田邊同學猜拳都輸他，就連我們用營養午餐的甜點來猜拳打賭時，我還是從來沒有贏過田邊同學。結果那一回，我還是輸了。

有一次，班上的惡霸盯上了田邊同學。

原因好像是上音樂課時，田邊同學的直笛吹得比那個惡霸同學好，所以惹他不高興了。平常遇到這種情形，那個惡霸同學頂多過來把人罵一頓就算了，可是偏偏那天老師特別稱讚了田邊同學，於是惡霸同學心裡很不痛快。他趁下課把田邊同學叫出去，帶到游泳池那邊。

就在我猶豫著要不要去報告老師的時候，田邊同學居然開開心心地吹著口哨回來了。光是這樣已經讓我嚇一跳了，更讓人吃驚的是，田邊同學居然是和惡霸同學勾肩搭背地走回來。我只能瞪大眼睛，不知道到底發生什麼事了。

可是，任憑我怎麼問田邊同學，他只笑笑不回答。我簡直一頭霧水，下一堂課根本沒有辦法聽課。

這時，我忽然覺得桌子旁邊好像有什麼東西在動。原來是田邊同學的布袋。上數學課的時候，那個布袋還是一直動個不停，過了好久，終於安靜下來了。我偷偷戳了戳，袋子沒有任何反應。

那一天，由於我全副精神都在那個布袋上面，以致於筆記根本是鬼劃符。我向田邊同學借筆記來抄的時候，問他那個布袋怎麼了，但他還是不肯告訴我。奇怪的是，從那天起，惡霸同學就變成一個好孩子了。

我對田邊同學只有一個不滿，那就是他每天放學都早早回家，不管我怎麼邀他一起玩，他都說不行。

有一次，我踢著鋁罐走回家時，剛好看到了田邊同學。我想找他一起玩，於是跑著追了上去，結果田邊同學一拐過街角就不見了。我仔細找遍了那附近每一戶的院子，就是沒能看到田邊同學的身影。

從這天起，我開始對田邊同學家感到好奇。田邊同學到底住在哪裡呢？到底怎樣才能去他家玩呢？

我拿出全班的通訊錄，按照寫著田邊的那支電話號碼撥了過去，可是響了好久都沒人接。所以，我又拜託媽媽幫我查那支電話號碼大約是在哪一帶，再拿著媽媽寫下的紙條，到那附近找了老半天，就是沒能找到田邊同學家。

我又想，說不定老師曾去過他家做家庭訪問，想去請問老師他的住址。可是再想想，好像會挨罵，還是別去找老師了。就算直接問田邊同學，他總是只顧著笑，沒有回答我。

就這樣，我什麼答案都沒找到，一天天很快就過去了。

那年年底，我們班要舉行耶誕派對。那是班長向老師提案，大家一起附議後決定的。

有人建議要表演，後來就說從班上挑幾個人一起演戲。

我提名田邊同學扮演耶誕老公公。沒有同學推薦其他人，就這樣一致通過由田邊同學當耶誕老公公了。

一眨眼，耶誕派對的日子來了。

大家用色紙組合成一串串紙環，還用印花紙做出一朵朵大花，把教室裝飾得熱鬧非凡。

全班一起合唱〈紅鼻子馴鹿魯道夫〉，交換了五百圓以內的禮物。老師還另外買來了餅乾、糖果和果汁，同學模仿大人喝酒時的乾杯。

終於，那齣劇要開演了。田邊同學臉上黏著蓬蓬的白鬍子、穿著紅衣服，看起來忽然像個大人似的。田邊同學一點都不緊張，演得非常傳神。

他一下子用力伸懶腰，一下子像螞蟻一樣縮成一團；一下子大聲說笑擠鬼臉，一下子用溫柔的聲音呵呵笑，把大家逗得樂不可支。

快要演完的時候，田邊同學拎起那個布袋。他忽然伸手進去，從裡面掏出了五顏六色的盒子。

那些是田邊同學送給大家的耶誕禮物。他按照順序一一分送給大家，教室裡一時尖叫聲此起彼落。平常我們吵鬧時老師會生氣，只有今天他笑瞇瞇地看著我們。

終於，田邊同學走到我這裡了。我很興奮地看著他在布袋裡找了又找。

田邊同學遞給我一個用黃紙包裝起來的盒子，裡面是各種動物模型。我從以前就一直很想要動物模型，不曉得他是怎麼知道的。

接著，田邊同學手裡還握著一支紅鉛筆。那是我以前弄丟的，原來掉在他的布袋裡了。田邊同學一臉歉意地抓了抓頭。

發完禮物以後，田邊同學走向窗戶，慢慢打開。夾著雪花的冷風立刻灌了進來。

田邊同學到底要做什麼呢？看著有些不對勁的他，我忽然難過起來，把他送我的動物模型緊緊地抱在懷裡。

這時候，遠遠地傳來悅耳的鈴聲。

田邊同學的布袋突然開始膨脹起來。大家驚訝得連聲音都發不出來，就這樣看著從他的布袋裡飛出一個東西。居然是比我還要大上許多的馴鹿。

田邊同學一個翻身，騎上了馴鹿。他駕馭著馴鹿在教室裡很快地飛了一圈，朝窗口直直衝去。

我倒吸一口涼氣——會撞到窗戶……！

結果，我的擔心是多餘的。神奇的是，窗戶突然變形，剛剛好能夠讓田邊同學和馴鹿順利飛出去。

我連忙追了上去，探出窗外張望。

外面下著暴風雪，我第一次看到雪下那麼大。可以看見遠方有一排高大的耶誕樹，我也跟著興奮起來。

大雪中，只能隱約看到田邊同學小小的影子了。那個大布袋掛在他的後肩上搖搖晃晃。

田邊同學好像正在朝我揮手。

正當我也想舉起手來向他揮的時候，一陣強風捲了進來，我不假思索地關上了窗戶。鈴聲從遙遠的那方傳了過來。

我把窗戶打開一道細縫，再一次望外探看。

可是，映入眼裡的只有常見的校園，再也找不到田邊同學的身影了。

尋星

「星期星怎麼不快點來呢……」

同事雖然只是隨口講講，但還是被我聽到其中有個詞不太對勁。

「你剛才說什麼？」

「沒什麼啊，只說了如果星期星能夠早一點來就好了……」

「星期星？星期星……星星……，咦，你要去參加天文營嗎？」

「沒啊。」

「那，什麼是星期星？」

就在我反問的一剎那，同事臉上的表情很怪異，好像不敢相信自己剛才聽到了什麼。

「這有什麼好問的，星期星就是星期星啊！還需要解釋嗎？」

「你說的星期，是星期一、星期二的意思吧？」

「廢話。」

同事一臉不在乎地回答。我又問他是哪幾個字，他雖然覺得我很奇怪，還是告訴我了。我仍然不懂他的意思。

「那個星期星是哪一天啊？」

「就在星期日的隔天呀，星期日和星期一的中間。」

咦？星期日和星期一之間，有其他的日子嗎？

日、一、二、三、四、五、六。日、一……。

再數一次。

日、一、二……怎麼算，星期日和星期一之間根本沒有其他日子啊。

「你可以把整個星期從頭算一次給我聽嗎？」

「日、星、一、二、三、四、五、六——」

「再一次。」

「日、星、一——」

「那個中間的『星』，是什麼呀？」

「就是星期星啊！」

不知道什麼原因，看來，他好像真的認定在星期日和星期一之間還夾著一天。

「你看！」

我翻開記事本上的月曆，湊到同事的眼前給他看。

「這裡不是寫得清清楚楚的嗎？星期日的下一天是星期一！」

我彷彿在教訓小孩似地對他說。可是，同事的反應卻出乎我的意料。

「怎麼可能，你那本印錯了吧。你看！」

同事從胸前掏出記事本。上面在星期日的旁邊，確確實實以金色印著「星」的欄位。

我這時候的感覺，只能用莫名其妙來形容。我不知道該怎麼反駁他，只能盯著記事本看。不久，我赫然發現在「星」的那一欄沒有印上日期。

「爲什麼沒有日期？」

「大概是因爲如果有日期，一年就會超過三百六十五天了吧。」

雖然覺得怪，但聽起來很合理。話說回來，我還是沒辦法接受。而且這位同事明明不是個講話沒有邏輯的人。

就在這時候，同事開口了：

「你今天好像怪怪的吔。」

我看，還是從另一個觀點進攻好了，只要往下談，他的立論一定會露出破綻的。

「那我問你，星期星是怎麼樣的一天？聽起來，好像是個特別的日子。看你那麼期待這一天，至少這天不用工作吧。」

「沒想到連星期星都還要解釋給你聽。算了，講就講吧。」

同事露出如夢似幻的眼神，開始說給我聽：

如你所知，不對，我忘了你不知道……。

拉開窗簾，隨著簾鉤在軌道發出輕快的滑動聲，進來的不是刺眼的陽光，而是曖曖內含的微光，如鵝毛大雪一般輕輕地灑進房裡。那一瞬間，我想起來了：啊，今天是星期星！於是心情跟著歡快起來。只要想到星期星，就會有這種反射性的快樂情緒。

雖然星期星一整天，天空都像晚上一樣黑，卻不需要開燈。因爲星星的光芒無比閃耀。

這一天，星星的光芒比在人跡罕至的深山裡看到的星光還要亮上幾十倍，滿天的星星就像用黃色顏料繪滿整張畫布的點描畫一樣。它的偉壯猶如足以衝上浩瀚宇宙，它的包容可比母性的光輝。我的心，既如濛濛細雨中的寧靜，又似浪花拍岸的起伏。

月亮沒有現身。就算出現了，大概也不會有錦上添花的效果。

就算走到街上，也看不到人影。但絕不會因爲這樣，讓人感到分外寂寞。人們不必應付麻煩的交際應酬，從繁雜的日常瑣事中得到解放，充分享受自由自在。

雖然同樣是假日，但是星期日根本比不上星期星。就算把星期日那股窮酸味拿掉，還是和星期星難望項背。

抬頭眺望星座。以白亮的角宿一爲頂點的春季大三角。由紅色的心宿二所組成的天蠍座。飛馬座和仙女座。特別耀眼的天狼星和冬季星座之王的獵戶座。春夏秋冬，所有的星座同時於蒼穹齊聚一堂。整個天空明亮得猶如銀河氾濫，但只要心裡想著特別想看到那一個星座，就會映入你眼簾。

北斗七星在哪裡呢？南斗六星又在哪裡呢？

不必凝神細看，腦海中的那個星座就會立刻浮現眼前，就算是六等星也格外耀眼。

如果猶豫著不知道今天該看什麼星座，只要什麼都不想，眺望著整片星空就行。群星會主動將光點連結成線，組合成前所未見、只屬於我自己獨享的星座。

我曾看過初戀座，乍一看去，星星似乎只是隨意散布在空中，卻讓人感到分外感傷。我也看過桃座，那裡就是世外桃源。高音譜號座演奏的旋律十分優美，幾乎要被捲入它正中央那幻惑的漩渦之中了。還有，只要一直盯著像書本形狀的故事座看，它就會翻到下一頁，浪漫又驚悚的故事一幕幕展開。

那千變萬化，永不厭倦的萬象流轉。

時間一下子就過去了。我就在星空的懷抱中入睡，走進其他的日子無法踏入的甜美夢鄉……。

呃，大概就是這樣吧。

同事講完以後，他的目光似乎還在夢中徘徊。

我忽然發現自己向他投以欣羨的眼光，立刻清醒過來。

「既然這樣，那請告訴我，該怎麼到這一天呢？」

我踏前一步逼問他。

「我該怎麼告訴你呢？打從一開始就有這一天了，根本沒辦法說明呀。這就像你是個慣用右手的人，如果我問你爲什麼是個右撇子，求求你告訴我吧……任憑我再怎麼追問，你也只能告訴我，從懂事以後就一直是這樣了，不是嗎？你現在就等於是在逼問我同樣的事情呀！」

說到這裡，同事突然想起什麼似的，「啊」的叫了一聲。

「該不會，你被剝奪了享有星期星的權利，所以才沒有辦法到那一天吧？」

「星期星是一種權利嗎？」

「你的問題怎麼那麼奇怪啊，一星期中的每一天都有各自的權利呀。要是愈來愈想不起來今天是星期幾，說不定就是做了什麼壞事，所以即將被剝奪享有那一天權利的預兆喔。」

的確，如果懶懶散散過日子的時候，會忘記今天是星期幾。沒有有效運用時間的傢伙，就算一星期中少了幾天，大概也不會覺得有什麼困擾吧。

這麼說來，我讀書時有一陣子常常蹺課，窩在家裡什麼事都不做。我的星期星，會不會就是那個時候被取消的呢？

「東西要等失去了以後，才會感到可貴吧？我想，你一定是因爲發現自己失去了享有星期星的權利，打擊太大，以致於遺忘了關於星期星的一切記憶，所以才什麼都不記得了。」

可是，權利遭到剝奪，連月曆上的字也會跟著消失嗎？

「那麼，我該如何恢復權利呢……？」

「不曉得耶，我沒被剝奪權利過，所以不知道啊。」

這個話題就到這裡結束了。

我回到家裡，一個人思索著星期星的事。

每星期都能到那麼棒的地方，簡直和做夢一樣。不，乾脆就當它是夢境吧。只要一次就夠了，我眞希望自己能夠做這樣的美夢。

我抱著這樣的幻想過了幾天，不久，迎接了和往常一樣的星期一早晨到來。我拉開窗簾，陽光直射入眼。那強烈的光線彷彿向我宣告：你沒資格！

隔週的星期日夜晚，我又抱著微薄的期待入睡。然而，我的期待又被赤裸裸地粉碎了。

就這樣重複了幾個星期。我試著回想他說過的話。

不單月亮受到了無妄之災，星期日也被說得一文不值呢。對我來說，星期日可是唯一能安然休息的淨土，他這般批評，那我成什麼了呢？

可是，當同事信誓旦旦說著星期日根本比不上星期星，他臉上的神情顯然並沒有任何誇大，只是原原本本陳述事實而已。好羨慕他喔。每次到了星期天晚上，我就會陷入星期一即將到來的憂鬱，但是這時候，他卻擁有那個不知道是眞是假的星期星，徜徉在童話般的國度裡。我雖不曉得究竟有多少人享有那項權利，卻無法容忍那傢伙一個人獨享。

話說回來，我仍然不知道該如何前往星期星的具體方法，眞是氣死人了。

我買了一份壁掛式的月曆，每天都在上面做記號，提醒自己今天是幾月幾號星期幾。我想，如果能夠確實掌握每一天，或許會找到如何成爲前往星期星的線索。

我已經養成習慣，睡前用紅筆把月曆上的日期劃掉。儘管如此，星期星還是沒來。對同事的羨慕，不久就轉變成嫉妒了。

過了一段日子，某個星期日，我正在家裡打發時間，電話忽然響了。是那位同事打來的。

「我剛才拿到星期星的永久居留權囉！明天就要搬去那裡住了。很久以前就提出申請了，終於通過了！」

眞的可以住在一星期中特定的日子裡嗎？還有，他不來上班了嗎？想問他的問題多得很，更重要的是，這實在太不公平了！

「所以，我想和你道別。要不要出來喝一杯？」

我實在提不起興致，於是婉拒了，可是拗不過他再三邀約，只好臭著臉出門了。

同事根本不懂我的感受，只顧著嚷嚷今天眞是太開心啦，一杯接著一杯喝個不停。我只小口小口啜飲，含在嘴裡久久才嚥下去。

同事大概喝太多了，開始打起瞌睡，到頭來還鼾聲大作，睡著了。

「喂，該回家啦！」

我勸著他，正要拉起他的手，就在這時候，眼前發生了可怕的事——他居然消失了！我不敢相信自己看到了什麼，眼睛眨了又眨。然而，他再也沒有出現了。

我忽然想到什麼，看了手錶。時針指向午夜十二點的位置。同事前往星期星了。

留在這裡的只有見底的酒杯。本來說好各付各的，結果我被迫全額買單。

我帶著不知是好還是壞的心情回到家。他眞的移民到星期星了嗎？假如是眞的，那我可嫉妒死啦！

牆壁上的月曆忽然映入眼中。已經有一陣子，沒有仔細劃記了。

我丹田鼓勁，下定決心了。

從那天起，我一日不漏，天天都劃上記號。

光是這樣還不夠，我還去查閱各種文獻。我去了附近的圖書館，把所有書名中含有「星」這個字的書籍統統讀遍了，姓名中有「星」字的作家的小說也全部看完了。可是，哪裡也沒有提到關於星期星的敘述。

既然名稱中有「星」字，那麼或許和天文學有關。這樣說來，那傢伙也提過星座的事喔。

我透過朋友的朋友的朋友的引薦，找到了一位天文學家請教。

「你說可以同時看到所有的星座？怎麼可能出現那種現象呢！」

再問下去，就要被當成怪人，連累那些好意介紹的朋友們了。我只好在一無所獲的情況下告辭了。

有一天，趁著和課長去喝酒的機會，我請問了課長：

「課長，您聽過星期星嗎？」

「星期星？……怎麼，你想去天文營呀？」

課長果然沒聽過。我如果還是個正常人，就該做出那種東西並不存在的結論。課長和其他人對那位同事的失蹤，似乎並沒有特別在意。可是，他確實是在我面前消失的。要是不把這個謎題解開就收手不管，我心裡實在過不去。

我愣怔地看著課長的臉，腦中忽然掠過同事的一句話。

那是前所未見、只屬於我自己獨享的星座。

照他這麼說，說不定會有課長座，以課長的臉型在空中浮現的星座。那個星座一定會顯露出中年大叔疲憊的慵懶神態。我眞想見識見識……不，無論如何，我非親眼看到不可！

每一次把星期日那一格劃掉以後，隔天總是在星期一的格子裡打上記號。這樣毫無進展的情況不斷延續下去。不過，即使混雜著想放棄的嘆息從胸口升起，我依舊把嘴巴閉得緊緊，強忍著不讓那聲嘆息流洩出來。

後來不知道又過了多少日子。我強迫自己養成習慣，天天不曾懈怠，也從來不曾埋怨或訴苦。

儘管如此，我始終不曾滑進星期日和星期一之間那道分界線裡。

又是星期日。

星期日。反正不過是被後面的星期一逼著趕快離開的日子罷了。

我很久沒像這樣一整天什麼事也沒做了。平常只要一有空，滿腦子想的都是星期星的事。到了假日，就會到處去買名稱當中有「星」字的東西，以及探訪所有和星星有關的地方。

我的想像無限擴大，再也無法回頭了。單憑自己腦中想像的影像，彷彿就能夠暢談和星期星有關的一切。然而，那只不過是把虛幻烘托得更加寂寥的元素罷了。

每當黃昏接近的時刻，我總是忍不住想喝酒。我打算去之前和同事一起喝酒的那間酒館。我決定乾脆把這遙不可及的幻夢用力壓進爛醉的混沌之中，給忘得一乾二淨。

大概因爲自暴自棄而喝太多了，我東倒西歪地被酒館老闆塞進了計程車裡。結果那個幻夢別說忘記了，它在天旋地轉的腦袋裡依然巍然聳立，變得更加鮮明了。

回到家裡以後，我又獨自喝了起來。前一刻只躲在腦海一隅的幻想，從怎麼擋也擋不住的縫隙間汨汨湧出，侵蝕著我，我的意識隨之逐漸遠離……。

睜開眼睛，發現自己躺在床上。大概是不知不覺睡著了。

現在幾點了呢？看時鐘之前，我不經意瞥了窗簾一眼。

我霍然清醒過來。

窗簾的縫隙，柔柔地透入一條光束，使我立刻聯想到如鵝毛大雪一般的形容詞。就著那條光束，我看到了牆上的月曆，上面出現了金光閃耀的一欄。

我還是不敢置信，立刻揭開毛毯一骨碌地爬起來，急忙從公事包裡掏出記事本翻開來檢查。

上面確確實實多了金黃耀眼、沒有標注日期的一列。

我拉開窗簾，課長座露出睏乏的神情，對著我微笑。

蒽島

你想問長島是個什麼樣的人？

喔，我的確和他交情不錯。可是你爲什麼忽然想問他的事呢？

你要和他一起打麻將？原來如此。既然這樣，我還是先告訴你，免到時候你嚇壞了。反正你們一定會通宵打麻將嘛，要是不知道那件事，到時候看到了，恐怕會嚇得屁滾尿流吧。

我先簡單介紹長島的背景。

他老家的營生和一般人不太一樣。

他父親是住持[3]，也就是說，他是個在寺院長大的小孩。或許是受到成長環境的影響，他可眞是個善良的傢伙。

他甜蜜的笑容讓人忍不住發揮母性，溫和的性格和誰都能愉快相處。他積極主動，只要能讓眼前的人開心，再怎麼辛苦也在所不惜。

還有，他的耿直也値得大家學習。

「那個人眞的好厲害喔！哇，我們公司怎麼高手如雲呀！」

他最大的美德之一，就是能夠打從心底讚美別人。

不過，有時候他的耿直常讓我捏了把冷汗。由於他經常沒等對方把話講完就先做出反應，以致於經常遭受無妄之災的波及。

我接下來要告訴你的事，或許聽起來覺得我在騙人，可是希望你記得他耿直的個性，把我的話聽到最後。

我是在某一天的早晨發現了那件事。

那天，我有事提早進了公司，在走廊遇到熬夜一整晚而精神不濟的長島。就是在這一刻，我親眼目睹到的。

遠遠的，我立刻認出了朝這邊走來的人影是長島。可是下一秒，我懷疑自己認錯人了。隨著他逐漸接近，可以看到他的下巴有一大叢東西。

我嚇了一大跳。但在驚嚇過後，馬上冷靜下來，心想他應該是熬夜練習什麼餘興表演吧。因爲他經常拿自己濃密的鬍子當笑話來講，所以我猜他大概打算用這個題材做更誇張的表演。

我立刻在腦中想像他表演時的模樣。

想必他會先背對大家，趁機在下巴黏上一大把山羊鬍，然後再轉身過來說：

「一個晚上就變成這樣啦！」

我邊想邊笑。嗯，這個表演或許有機會引來哈哈大笑喔。

可是，隨著和長島之間的距離逐漸縮短，我再也笑不出來了。因爲長在他下巴的那一大叢細長的物體，看起來簡直是如假包換的蔥，逼眞的程度讓我臉上的笑意頓時消失。

「喔，是田間啊……」

由於他臉上的那堆東西，所以即使他打了招呼，我也只淡淡地應了一聲而已。畢竟，有個下巴黏著一大把綠色青蔥的男人，正朝我一步步走過來。

「田間，怎麼了？」

長島納悶地問了我。你問我？我才想問你的下巴怎麼了呢！

已經嚇呆的我好不容易才擠出了沙啞的聲音：

「那個……」

我指著他的下巴。

「喔，這個呀。我正要去採收。一直待在公司裡，沒空去收割。」

長島泰然自若地回答。

「收割？收割什麼？」

「蔥。」

「什麼蔥？」

「就這個呀！」

「……對不起，我完全弄不懂現在是什麼情況！」

我立刻拉高了嗓門。

「咦，我還沒跟田間提過這件事嗎？」

我用力點了頭。

「我的下巴會長蔥。」

這天外飛來的一筆，讓我實在沒辦法理解。

「眞的是蔥嗎……？」

「嗯，是眞的。」

「從什麼時候開始？」

「從我發現以來就這樣了。」

「爲什麼?」

「我也不知道。」

「爲什麼長得是蔥?」

「我也不曉得。」

我一面和一派輕鬆的他交談，一面把得到的資訊彙整起來。

根據長島的說法，事情是這樣的：

某一天，他突然發現自己下巴長出來的是蔥。這些蔥在深夜開始冒出來，直到接近黎明，再怎麼拔都會持續大量生長。起初他覺得不可思議，但既然長出來也沒辦法了，乾脆心念一轉，把這些青蔥都採收下來……。

我的天，應該還有其他辦法可以試一試吧?雖說個性耿直，總該分得清事情的輕重吧。

「所以，我現在就要用binder去割今天的收成了。」

說著，他拿出了電動刮鬍刀。那東西不叫binder，而是shaver啦。

「收成以後，怎麼處理？」

總不會拿來吃吧。

「大部分交由農會出貨，剩下的送到農產品直營中心販售。」

我感到一陣暈眩。我在心裡下了決定，隨他怎麼說吧。

「那東西賣得好嗎？」

「銷路很不錯喔。因爲上面擺著生產者的照片，所以聽說評價很好。現在已經成爲我的副業了。」

我猜，那些顧客應該作夢都想不到，青蔥眞的就是從照片上的那張臉採收下來的吧。

「抱歉，我得趕著去出貨了，否則來不及送到早市賣。」

長島邊說邊急著跑走，他的身影消失在門的另一側。那天，我一整天滿腦子想的都是蔥的事，完全沒辦法工作。

從那天以後，我的視線再也離不開長島的身上了。

隨著對長島的觀察，我發現他的行動有很多可疑之處。

有一次，他坐在桌前，手裡拿著拔鬍夾，瞪著鏡子看。我立刻問他在做什麼。

「我在拔雜草。」

長島說著，把他手裡的拔鬍夾伸到我面前。一看，拔鬍夾的尖端好像夾著什麼東西。我再仔細看，那只是一般的鬍鬚。

「想要種出高品質的蔥，就不能被雜草搶走營養。」

他一面說，一面對著鏡子細心地把稱爲雜草的東西一根一根拔掉。這種事，實在不應該坐在辦公桌前面做。

我還發現每逢午休時段，長島總會在臉上抹東西。我猜他可能是因爲皮膚乾燥，所以拍些化妝水保濕。

「這是驅除害蟲的藥喔。」

「那種東西能塗在臉上嗎？」

「裡面百分之百都是天然成分，沒問題。」

我好像懂了，又好像沒懂。

「另外那一瓶是化妝水？」

「不是，是液體肥料。」

我想也是。

另外有一次，他下巴有傷口，我問他怎麼了。

「蔥圃被動物跑進去亂啃亂咬，我的下巴也被咬傷了。」

他帶點怒氣回答。

我心想，是不是該幫忙出主意比較好呢，比如建議他放個稻草人啦，或是用帶刺的鐵絲拉起圍籬啦。可是，一般動物應該不太喜歡吃蔥吧。

「最近自然環境逐漸減少，野生動物的糧食也變少了，所以牠們從山上下來農田菜園找食物，眞是困擾。人類毫不在意地砍伐森林，導致地球暖化。我認爲人類應該好好省思才行。」

這話題還眞宏大。

話說回來，那隻動物到底是從哪裡來的呢？

我的視線停在長島的頭髮上。他所說的自然環境，指的是那裡嗎？

先假設他說的就是頭髮，我繼續往下推論。

如果眞的是那個部位，那麼所謂自然環境減少，應該是指光頭的人變多了。和過去相比，最近頂著光頭的人確實愈來愈多了。不過，那是一種流行的造型。而且眞要這麼說，他那掌理寺院的父親恐怕罪孽不輕。

就在這個時候，我覺得長島的頭髮好像窸窸窣窣的，緊接著發出了「吱」的叫聲。他的頭髮像草叢一般晃動。忽然間，有隻像小狒狒的生物從裡面探出頭來又躲進去了。把蔥圃亂啃亂咬的凶手，會是牠嗎？不管事情的眞相是什麼，我都說不出話來了。事已至此，我連問他的力氣都沒有了。

除了那隻動物以外，我還曾經看到有一對小小的老爺爺和老奶奶站在下巴那邊，握著鋤頭在長島的皮膚上揮動。那些人到底在做什麼呢？難道在鬆土嗎？而且，那些是什麼人呢？我心裡雖然有滿滿的疑問，最後決定還是接受這個現實，這樣日子過得比較開心。

到了太陽下山的時候，那對小小的老夫婦就走進頭髮裡面消失了。看到那一幕，我不禁杞人憂天：該不會誰的老家就在他的頭髮裡面吧？

「這是我老家寄來的。」

萬一哪一天有人這樣告訴我，並且送我一些蔥，結果那些蔥其實是從長島的下巴收成的，那我就要昏倒了。幸好到目前爲止，還不曾有人分送蔥給我。

對了，我也曾經看到長島忽然拿出打火機，點起火苗就往下巴燒。他說那叫火田還是什麼的。

……總之，關於他奇怪的行徑，怎麼說也說不完。

現在就算他有任何舉動，我都不吃驚了。

事情就是這樣，所以長島熬夜打麻將的時候，下巴應該會冒出滿滿的長蔥搖曳擺盪，請千萬不要驚慌。如果麻將打太久了，他一直沒有去收割，有時候蔥的頂端會長出花來，這種花俗稱「小和尙頭」，相當可愛呢。

總之，一開始覺得是稀罕的奇景，習慣以後就不會在意了。不過，唯獨他常好心想分送一些給我吃，到現在我還是覺得很困擾。

什麼？你想問爲什麼只長蔥而已嗎？

這個問題問我也不知道該怎麼回答呀。只能說，東西既然長出來就沒辦法了，世上有很多事是無法用理論去解釋的。

不過，就我個人而言，倒是覺得相當合理。

喏，我剛才不是說過，長島的老家是寺院嗎？

蔥和長島。

又或者，如果由著他們去，或許蔥和長島到最後都會成爲和尚喔[4]。

3 日本佛教的僧侶可以娶妻。

4 因為蔥的花是繖狀花序，日文以其球狀外觀暱稱為小和尚頭，而長島的父親是寺院的住持，亦即僧侶，俗稱和尚，該職務可交由兒子繼承。

海角守望人

小時候祖母說給我聽的床邊故事，到現在依然留在我的腦海裡，現在偶爾還會回想起來。

祖母的故事，總是從同樣的情景開始講起。祖母的話中用了許多以我當時小小年紀還無法理解的詞彙，但是她的語調幫助我想像那個畫面。

「在一處陡峭的斷崖上，有一間被世人遺忘的小木屋。小木屋天天都被強勁的海風吹得微微晃動。大風從海面捲出了驚濤駭浪撲向山崖，一波又一波，不斷往上拍打著。」

一般的小孩想像著海浪朝自己撲來或許會害怕，但是我一點也不。現在回想起來，必須感謝祖母的口吻讓我免於恐懼。祖母早年喪夫，一肩扛起整個家，是位內心堅強但非常溫柔的人。

「小木屋的後方滿地都是稻穗色澤的植物。海浪被海風推上陸地之後，顏色就不同了。浪潮來了又去，不曾停歇。

「朝陽映在波浪上。隨著陽光的變化，海景由紅轉藍。

「一個銀髮被風吹得飄擺不已的老人，在椅子上坐了下來。他瞇起眼睛眺望著遠方。這個老人是這裡的海角守望人。

「他每天比牽牛花還早起，直到太陽完全沉入海面爲止，一動也不動，始終眺望著大海。

「老人每天做的事就只有這樣了。即使眼看著船隻就要觸礁，老人也無計可施。他只能在這處海角守望，祈求風平浪靜。他能做的就只有這樣了。老人有時候會對自己的無能爲力感到懊悔不已。

「老人正在等人來。他只能孤伶伶地待在這裡，直到那個人來陪他。老人忍受著寂寞，重複著同樣的每一天。

「洶湧的海浪一波波朝向天際翻騰。

「有一次，老人在水平線的那一方看到了有艘小船駛向這邊。老人拿起望遠鏡細看，他所等待的人也在船上。老人高聲呼喊，正想舉起手來揮動，又趕緊將手放下了。不是因爲他覺得對方或許看不到，而是認爲不需要急著叫對方過來。

「小船在巨浪之間搖擺。這艘僅容數人搭乘的小船在海浪之間搖來盪去，不久，彷彿被吞進浪裡似的，不知道上哪裡去了。

「老人在太陽下山之後，到睡覺之前的這段時間，總是聽著海浪聲，凝視著屋裡的那扇門。他由衷期待那扇門被推開的那一天到來。因爲他認爲，自己所等待的人，一定會從那裡現身的。

「忽然間，他覺得門似乎被打開了。可惜，那只是夢。老人熄了燈，蹣跚地上了床。

「有一天，由於風勢強勁，連海鳥也無法靠近的這處斷崖，終於有一隻鳥飛來了。一日早晨，老人走出屋外，赫然發現一隻受了傷的黑尾鷗癱軟在地上。老人抱起這隻黑尾鷗，非常用心地照顧牠。

「多虧老人的照料，黑尾鷗不久就康復，甚至能在小木屋裡盤旋飛翔了。到了終於要放牠回到大自然的那一天，老人突然心生一計，立刻拿來紙筆。舉凡日常生活所需，這間小木屋裡大致都有。

「老人寫了信。當然，收信者是他等待的那個人。老人在信裡提到他在小木屋裡的生活，問對方是否平安度日，以及雖然自己很想念對方，但暫時還不用來見他等等。老人想到什麼就寫什麼。寫完之後，他將這封信綁在黑尾鷗的腳上，放牠飛回天空。誰也無法保證這封信能夠安然交付到對方手裡，然而，老人有十足的把握，黑尾鷗一定會平安送抵的。

「就這樣，這封信終於送到了他等待的那人手裡。

那個人又將回信綁在黑尾鷗的腳上，送到了老人的小木屋。此後，兩個人就這樣奇妙地開始了魚雁往返。可喜可賀！可喜可賀！」

不曉得爲什麼，祖母說的故事結尾總是要加上可喜可賀這兩句，也不知道有什麼好恭喜慶賀的。這個故事的後續，以及老人之後的生活，日後都在我的催促之下，祖母才又慢慢添補上去。我想，這個故事之所以能夠留在我的腦海裡，最主要的原因是它不同於其他民間傳說的獨特性。

日月如梭，我接下來要講的是在祖母過世那一天，親身經歷的奇妙體驗。

我走出充滿哀戚的客廳，在寬敞的家裡隨意逛逛。與其說是爲了打發時間，其實是爲了趕走悲傷。

我爬著樓梯步上二樓，突然看到有個影子掠過了走廊。

我頓時全身冷汗直流。尤其在這樣的日子目睹這樣的情景，更是異常恐怖。

下一秒，我馬上想到：不對，正因爲是今天，所以就算看到鬼魂也沒什麼好怕的。我一面祈禱著那是祖母的身影，悄悄跟了上去。

那個影子沒有回頭，一路到了位於走廊盡頭的一扇門前停了下來。我忽然懷疑起這裡以前有門嗎？接著我告訴自己，已經很多年不曾回來了，大概是忘記這裡有門了。

門扉靜靜地打開旋即關上。等我回過神來，那條影子和門扉一起消失了。我隱約聽到了浪濤聲，也似乎聞到了海潮的氣味。

我若無其事地回到了祖母暫厝的客廳。

過了一會兒，大家開始分祖母的遺物留作紀念，這時，我聽見了爸媽的交談。他們從某個抽屜裡找到了一疊信，看了寄件人的名字，都覺得很不可思議。因爲那是多年前過世的祖父的名字，信上也確實是他的筆跡。

我雖心想應該不可能，但還是想起了祖母的床邊故事。難道那眞是祖父的故事嗎？那位海角守望人，就是祖父嗎？那疊信，又是從什麼地方、透過什麼方式送到這裡的呢？我腦中一團亂。

不久，又發生了一件事，使我更加不知所措了——我收到了一封來自祖母的信。把信送來的黑尾鷗，比我想像中還喜歡親近人。

我逐字讀著語氣熟悉的那封信，最後一句是這樣的：

「往後我們兩人將站在這處海角，爲你們守望。」

不解之謎愈來愈深，我決定不去想了。

信，是從某一處海角寄來的。這樣就夠了。

我打算過幾天寫些關於祖母過世以後家裡的近況，請黑尾鷗幫忙捎去。另外，我覺得應該爲這隻黑尾鷗起個名字才行。

對了，差點忘了說。

假如有朝一日，我坐在隨波擺盪的船裡，看到兩個人站在斷崖上，我想朝他們用力揮手。看到我平平安安的模樣，他們應該會比較放心吧。

白石

大家吃吃喝喝結束，準備各自回去了。酒館的門口，仍有一些酒興未退的顧客們逗留在那裡大聲交談。那天，我也和那些人一樣，與平時交情不錯的同事和部屬喝了幾杯之後，還聚在店門前遲遲沒有離開。偶爾有人發出高聲叫嚷，來往行人無不露出厭煩的表情，快步經過。

忽然間，我發現其中一名部屬不見了。那傢伙姓白石。他的工作效率並不高，但是個性開朗，大家都很喜歡他。這一晚，白石也在酒席上主動吆喝大家一齊乾杯，將氣氛帶動得相當熱鬧。

也因此，我以為他一定是醉得不省人事了，還回到店裡找他。可是，我們剛才聚會的包廂裡沒看到人。

既然不在包廂，我猜他或許是去廁所把胃裡的東西淨空之後醉倒在那裡，於是繞去廁所探一眼。結果，那裡同樣沒有白石的身影。

我開始有點擔心，在眾人尚未散去的店門周邊找尋。

「白石！白石！」

我壓低聲量呼喚著他的名字，盡可能不造成別人困擾。然而，沒有人回答。我心想他說不定先回去了，試著打他的手機。手機響了很多聲，就是沒人接聽。我愈來愈擔憂，顧不得會帶來困擾，開始放聲大喊他的名字。

「白石——！白石——！」

這時，有人拍了我的肩膀。我一驚，回頭一看，一個陌生男人的手就擱在我的肩頭。

我們雙方都沒有說話。半晌，我先開口了。

「您找我有事嗎？」

時間不早了，對方很可能也喝了不少酒，我可不想被醉客纏上。只要對方稍微露出一點可疑的舉動，我打算立刻哇的一聲大叫，逃之夭夭。

緊張的我預作準備，確認對方的動靜。結果，對方開口說話了：

「眞是的，您在開什麼玩笑嘛。您不是一直在叫我的名字，所以我才過來的呀！」

我不太懂對方的意思。

「您在說什麼？」

「您怎麼還這麼說呀？這在拿我尋開心吧？」

我完全無法理解眼前的狀況。這個男人到底是誰？

「我應該沒有喊過您的名字吧。」

我納悶地回答。

「咦，難道我有幻聽嗎？我清清楚楚聽到有人一直喊我白石、白石呀！」

「啊，如果您聽到的是白石，那確實是我喊的……」

「果然沒錯嘛。您自己喊的卻忘了，是不是喝得太醉了呢？要不要緊呀？」

我有些陷入了驚慌狀態。

怎麼會出現這種胡言亂語的傢伙。這個男人根本不是白石嘛。

想到這裡，我恍然大悟。這個男人的姓氏一定同樣是白石，所以聽到我喊人才會立刻過來。在吵雜的環境中聽到和自己相同或相似的姓氏，雖然明知道喊的不是自己，但身體會不由自主做出回應。這個解釋就說得通了，我也鬆了口氣。我恭恭敬敬地面對他說：

「我確實喊了白石這個姓名，但是很遺憾，我在找的那位白石先生並不是您，是其他人。造成您的麻煩，還勞駕您過來，非常抱歉。那麼，失陪了……」

對方瞪大了眼睛說：

「學長，您眞的沒事嗎？看您喝得那麼醉，實在不放心讓您一個人回去。要不要我送您？」

這次換我瞪大眼睛了。這傢伙，剛剛明明喊了我學長吧？難道他以爲自己是我的部屬嗎？

「不用了，我沒事。那麼我先走一步……」

「不行，我不放心！萬一您倒在路邊睡著了感冒，對您對我都不是好事。這樣一來，工作不平順，可會把我急得長出皺紋喔。」

對方宛如和我相熟似地說出一段俏皮話之後笑了。問題是，我又不認識他，而且眼下這種情況，要我怎麼笑得出來呢。

「不，我眞的沒事，今天沒喝醉，我自己可以去搭計程車。搭計程車的話，您就可以放心了吧？啊，司機先生，我要搭車……」

我急忙衝上計程車，拋下了好像還想說些什麼的那個男人，趕緊告訴司機目的地，請他快點開車離開。

那一天，我沒怎麼睡。

隔天，我比平常提早一點進了公司，白石的座位還是空的。算了，等一下就會來了吧。昨天那件事一定是我酒喝太多了才會惡夢一場，一定是那樣沒錯。

結果就在這個時候，有人說了聲早安。我立刻轉頭看往聲音傳來的方向，當下就明白了昨天那場惡夢還沒結束。

我知道自己向他道早的聲音一定是沙啞的。因為他笑嘻嘻地朝我走了過來並且開口詢問：

「學長，看您好像還在宿醉，今天能上班嗎？我就知道會這樣，所以已經幫您買來有效消除宿醉的解酒液了。公司少了您可不行呀。來，請用。」

我錯愕地把解酒液接過來。飲料是喝光了，但我不敢肯定是不是全都進了胃裡。

我瞥了一眼其他職員的反應，大家看起來並不覺得這個男人的出現有什麼好奇怪的，甚至該說是認為他在這裡是天經地義。

更過分的是，那個人竟然在白石的座位坐了下來，開始工作了。

我猶豫著要不要提醒他。可是就算我想提醒他，到底該提醒他什麼呢？我應該斬釘截鐵對他說你不是白石嗎？可是即使我這樣告訴他，恐怕他又要拿我酒意還沒退的理由給敷衍過去了。

我一個人左思右想。這時，他走過來說：

「學長，請看一下這裡……」

他帶著一份文件來找我。我暫先冷靜下來應對。

「那裡怎麼了嗎？」

「我覺得不太對勁，所以自己又重算了一遍，之前的數字果然是錯的。想請您確認一下。」

「我等一下檢查，你先去做其他事……」

我看著他回到座位，然後檢查他指出來的部分。由於上面寫的是數字，光是瀏覽，看不出來有沒有錯誤。沒想到，當我一邊嫌麻煩一邊重新計算以後，發現他說的那個地方果然之前算錯了。

「那個……你來一下。」

我提高聲音叫了他，他卻像沒聽見似的。真是個討厭的傢伙。我再一次喊了

「喂，你過來！」這時他終於轉頭看我，這才發現我叫的是他，趕緊站起來跑到我這邊。

「我來了，請問有什麼事叫我？」

「你剛才說的地方確實有誤，是我的疏忽，幸虧你發現了。」

儘管是來歷不明的人，我還是應該向他道謝才有禮貌吧。

「謝謝你幫了忙。」

「原來是要說這個呀。就算只是稍微筆誤，如果沒有發現，就會造成公司的損失，所以我只是盡了本分而已，您大可不必向我道謝。還有，學長平常都直接叫我白石，剛才突然沒叫我的名字，所以我一開始不曉得您要找我。您今天怎麼了嗎？好像和平常不太一樣耶⋯⋯」

開什麼玩笑，我怎麼可能用那種方式叫一個陌生人呢？你畢竟不是白石啊。而且，不尋常的人不是我，是你！

「沒什麼，大概是昨天的酒意還沒退吧。眞糟糕，看來，我老囉。」

「眞不希望變老呀。啊，我剛才想到的，可以現在順便報告嗎？」

「什麼事?」

「關於新產品的銷售方式，我想到了一個新方案……」

聽他描述的內容，確實很有可行性。

話說回來。這事的確有蹊蹺。

白石既沒有能力找出文件上的錯誤，應該也不是個有工作熱忱的傢伙，更絕對不是會在工作上積極表達意見的類型。

這種情形從來沒有發生過。白石這傢伙進步不少喔。

不對不對，現在不是感慨的時候。重點根本不在那裡。現在最重要的關鍵是，這傢伙不是白石！以前那個工作成效不佳的白石，到底上哪裡去了?

「我要回去了，你還要留下來做事嗎?」

「是呀，還有一堆事沒做完，我再繼續多趕一些再回去。」

「這樣啊……」

臨離開辦公室前，我望了一眼那個自稱是白石的男人。臉龐沒照到日光燈和陽光的部分呈現陰影，和剛才看起來判若兩人。

有些人在不同的角度下會呈現不同的樣貌，只是我以前沒有察覺而已。或許白石就屬於那一類人。也許眼前這個白石，和過去那個白石根本是同一個人，只是我自己擅自認定非得具備某些特徵的人才叫作白石，而且被這種成見給綑綁住了。說不定，打從一開始，白石就是我現在看到的這個人……。

然而，我立刻打消了這種想法。因爲白石昨天的工作能力還沒有那麼強。

或許這種想法對白石非常失禮。或許事實上白石本來就是個能幹的人，一切都怪我有眼無珠；是我這個蠢蛋沒有看出他的才華，而白石原本就絕非泛泛之輩。

我腦中一團糟，也愈來愈害怕。一想到自己爲何會被捲入這種怪事之中，不禁同情起自己來。

過了幾天，我因爲加班留得晚，於是又遇上了一群剛喝完酒走出餐館的人。

我在店門前逗留的人群之間穿梭。就在這個時候，有人連連叫著一個姓氏：

「岡本！岡本！」

看來，他們找不到那個姓岡本的人了。

岡本。我突然閃過一念頭。

對了，假如我過去假冒自己就是那個岡本，會有什麼結果呢？這似乎值得一試。

「來了來了，岡本在這裡喔。找我嗎？」

「你是誰啊？」

對方立刻露出了驚訝的表情。我如果這時候退縮，就敗下陣了。

「您剛才不是一直叫著岡本嗎？我就是岡本。」

對方皺起眉頭和站在他身邊的人使眼色，兩人互相以眼神示意。

「岡本！岡本！」

他又朝其他方向開始大聲喊人。看來，他不打算理我。我一時賭氣，決定堅持到底。

「我就是岡本呀！」

他連瞧都不瞧我一眼。我拉住他的手，想要他轉過來，這時候，忽然有個陌生人從旁邊出現，說了句「找我嗎？」

「喂，找到岡本啦！」

他向那群人高聲通知，大家都露出放下心來的表情，繼續吵吵鬧鬧地離開了。

對方從頭到尾都沒把我放在眼裡。我覺得很不高興，但畢竟是自找的，所以也無話可說。要是這種會讓心裡很不是滋味的事情多發生幾次，一定有礙心理健康。我暗自決定，這輩子絕不再做這種蠢事了。

後來有一天，大家喝完酒要回去時，又有一個同事不見了。我本來想喊他的名字，聲音到了嘴邊連忙吞回去。

因爲就算我喊了他，一定又會出現一個奇怪的傢伙自稱是那個同事。就算新出現的人工作能力強，對公司很有貢獻，那又如何？我再也不想遇上那種弄不清楚狀況的事了。

白石還是一樣，工作順利。有時候大家一起去聚餐時，他豐富的話題很能炒熱氣氛，讓大家度過愉快的時光。

儘管如此，我到今天還是完全不知道這個男人到底是什麼來歷。

唯一可以肯定的是，這個男人絕不是之前那個白石。可是現在這樣的情況，就連這麼單純的疑問，我也只能擺在心裡，不敢問他了。

分期

在這樣月色皎潔的夜晚，我常想起和我同期進公司的小本。

那是因爲，小本在我心裡的印象，和月亮有關。

小本的長相非常特別。目光犀利的小眼睛，一對尖耳在中等長度的頭髮若隱若現，還有，拜鍛鍊肌肉之賜的強健體格。那些特徵都讓我聯想到狼人。所以，只要看到月亮，我就會想到他。

在和我同期進公司的同事當中，小本算是交情不錯的一個。雖然他盡力活在當下的人生觀和我恰恰相反，但正因爲如此，和他聊天很有意思。

他最喜歡買東西了。只要看上眼，立刻上網訂購。我不免爲他擔心，買那麼多眞的可以嗎？可是他說反正是刷卡分期付款買的，應該沒問題吧。他還有一句名言

——刷卡分期付款是魔術。

我問他這句話是什麼意思，他這樣回答我：平常因爲價格昂貴而絕對買不起的東西，只要使用刷卡分期付款就可以立刻到手，世上再沒有比這個更美妙的魔術了。……利息？哎，那是得到幸福的手續費嘛。

這就是他的想法。我可以理解，這樣的作風，確實是講求活在當下小本的邏輯。

我是在去小本家玩的時候，意外得知了他的祕密。我在那裡見識到神奇的景象。

一走進屋裡，到處散置著奇怪的東西。

你猜，我看到什麼了？我想，你絕對猜不出來的。

請聽我說，那裡有像還沒完成的拼圖似的電視機、只亮著半邊的圓形吸頂燈、應該成對卻只有單個的立體音響以及鞋跟。

不曉得什麼原因，散落在屋子裡的全是這類東西。

我忍不住問小本：

「我知道你喜歡買東西，可是我不曉得你還有蒐集破銅爛鐵的嗜好呢。」

結果你猜，他對我說什麼？

「田間，你在說什麼啊？這些就是每個月都會慢慢出現的東西啊！」

「慢慢？出現？什麼東西會這樣？」

小本的答覆超出了我的理解範圍，我一時沒辦法聽懂他的意思。

「嗄？你問的應該是這些東西吧？」

或許是我的反應同樣超出了小本的理解範圍，他露出疑惑的表情。

「不會吧，田間沒聽過刷卡嗎？刷卡，分期付款。」

「那個我當然知道呀。但是，刷卡和你這滿屋子的破銅爛鐵，有什麼關連呢？」

「我說田間，你這樣不行喔……只知道刷卡，卻不知道這個。好吧，我就好心解釋給你聽吧。用分期付款買的東西，只會像這樣，出現已經支付完畢的部分。」

「那是什麼意思……？」

「哎，就是說呢，我不是先刷卡嗎？然後每個月都付款嗎？根據已經支付的金額，我買下的東西就會一部分、一部分慢慢出現。等到全額支付完畢的時候，東西就會完整出現了。」

哈哈哈，原來這一大堆這裡缺一角、那裡少一塊的東西是這麼回事喔……。哼，少來了，我可不知道有這種事！真的假的？我還是頭一遭聽到。

「那，擺在那邊的ㄈ字型木框，也是用分期付款買來的？」

「對，那是書架。現在才只付了一點點，所以還只有一小部分。」

是哦……。我雖聽他說過刷卡分期付款是魔術，如果是這樣，那可真的是魔術囉……。可是，這種奇怪的買法，到底有什麼樂趣可言呢？

我忽然想到，有一種雜誌的附錄是每個月都贈送一部分零件，或許就和那種模式一樣。從這層意義來說，人們可以享受到拼湊完成時的喜悅。

「那這四支像木樁似的玩意呢？」

我指著豎立在地板上的那幾個物體。

「椅腳啊！」

小本，你在開玩笑吧？這種東西，除非全部湊齊了，否則根本派不上用場呀……。

他大概聽到了我的心聲。

「可是現在也有它的用法喔。」

「怎麼用？」

小本不由分說，蹲起了馬步。

「你看，就像這樣。」

他聲音顫抖著說。沒想到，小本居然在四支椅腳的正中央開始半蹲，像是坐在一張空氣椅子上。

「你瞧，有眞正的椅腳，坐起來的臨場感就是不一樣吧。」

是這樣嗎……？只有喜歡鍛鍊肌肉的小本，才會有這種正向思考吧……。

無論如何，我不想再繼續問下去了。

「對了，你說最近買了很多電影光碟，擺在這裡的應該就是了吧。外觀看起來很完整，光碟片總該是用一次付清的方式買的吧？」

「不，那也是刷卡分期付款的，現在還在付。」

「可是，沒有缺角呀？」

「影片只能看到一半。」

「……那還有什麼意義？」

我忍不住脫口而出。

「那我反問你，你在家不看電視影集嗎？」

「呃，偶爾看。」

「那有什麼不一樣呢？」

小本開始說明他的理論。

「就和『待續』是同樣的意思嘛。」

原來如此。聽他這麼一說，我也覺得沒有不一樣了。

接著，我張大眼睛，到處打量。

「喔，終於找到了完成付款的玩意！這台單輪車已經全部支付完畢了吧？」

我像挖到寶藏似的，得意洋洋地說。

「不，那個是自行車，只出現了後輪和椅座的部分。順便講一聲，那邊的那個可不是枕頭，而是彈簧床墊的一部分喔。」

斷開諸妄念　齊全無缺品相佳　此處實難尋

正當我在心裡暗啐出這首俳句時，小本突然走向電腦並且高聲歡呼：

「啊，又有想買的東西了！」

喂，和我講話專心一點！

就在下一瞬間，有個東西突然憑空出現，漂浮在空中。那是汽車側面的後視鏡。

「你又買了那麼貴的東西了……真的有辦法支付嗎？」

「田間，那不是重點，重要的只有一項：要買，還是不買。」

我雖然不太懂小本的意思，但是瞧他看到買下的東西出現時，臉上露出幸福神情，我漸漸覺得小本的生活充滿變化，很有意思，不由得羨慕起他來了。

「我要不要也開始試著用分期付款呢……」

「想試就試嘛！」

小本開心地一邊拿布擦著側後視鏡，一邊對我說。

嗯，這就是我遇到的事。雖然從那天以後，我還不曾用分期付款買過東西，但是最近他的購物癖似乎有變本加厲的趨勢。照這樣下去，說不定會發展到無法控制的地步呢。

更嚴重的是，小本似乎以爲只要用這種奇怪的魔術，就能買下任何東西。我有種不祥的預感，要是用錯方法，不久之後恐怕會演變成很糟糕的情況。

我之所以想把這個故事說給你聽，並不只是因爲美麗的滿月讓我聯想到小本而已，而是每當我望著月亮時，那股不祥的預感就愈來愈強烈。

希望只是我杞人憂天。

你瞧，月亮的正中央那邊，看見了嗎？那裡有個小小的、像蟲咬過的痕跡似的部分。我從剛才就一直覺得，那個洞怎麼看都不單單只是月坑而已。

如今是什麼東西都能夠輕鬆買到的時代了。

我只是忽然想到，聽說，小本最近買下一個非常、非常龐大的東西了。

吉他手

原來還有人記得我呀？你這個人挺特別的呢。
今晚我的話眞多。以前喜歡我的人，對我現在這種模樣一定感到很陌生吧。
回想起來，我這一生還眞是轟轟烈烈。
我是在十六歲時，發現了自己在音樂上的才華。就讀高中的那段時期，我滿腦子想的都是身邊的女生，還常常掄起拳頭逞凶鬥狠。
從某一天起，我整個人脫胎換骨。在聽到了吉他之神彈奏的音樂之後，我收回拳頭，改用音樂與人一較高下。
我還記得當時受到的震撼呢。那猶如閃電般的樂音，在我全身上下狂放馳騁。傳入耳中的樂曲讓我熱血沸騰，渴望宣洩出這股精力。我從來不知道世界上竟有如此刺激的東西，彷彿發現了值得賭上一生的寶物。
換做是一般人，想必會毫無創意地衝去買一把普普通通的吉他回來。可是我很討厭和別人拿一樣的東西，更別說和其他傢伙買相同的吉他了。所謂的天才，就是永遠做與眾不同的事。
從那天起，我開始找尋罕見的吉他。當時的我對於自己想買的吉他，還沒有任何具體的構想。我知道自己要的不是木吉他。那麼，該買鐵製吉他？塑膠吉他？或是其他材質的吉他？爲了找到這個能夠演奏出優美音色的奇特搭檔，我踏遍一家又一家樂器行。然而，不管哪一家店，都只有販售無聊到讓人想吐的普通吉他而已。

就在這時候，我和一個女生起了口角。

大概是被她看到我和其他女生在一起了。唉，我這一輩子，就只有那麼一遭被那個馬子賞了耳光。等我發現時，臉頰已經啪的一聲，挨了一記。

以我平時的作風，說不定會火冒三丈，立刻動手揍人，可是當時的我已經不再是過去的那個我了。那一刻，我靈光一閃。那種戰慄的感覺，稱得上絕無僅有。我當時想，自己果然是個天才啊。因爲我赫然驚覺一個事實——是啊，人體可以發出聲音。

我開始拚了命地尋找可以用自己的身體彈奏音樂的方法。只要找到正確的方法，或許可以彈出和吉他同樣的音色，不，一定能彈出超越吉他的音色！我雖沒有任何憑據，卻對此深信不已。

我撥了撥上臂、彈了彈腳趾，晃了晃小腿肚，仔細聆聽每一種音色。

然後，就在我往肚子又捏又拉，將拉出來的肚皮當作一根弦那樣上下撥動的時候，頓時從體內萌發出一股戰慄。當然，那是歡喜的顫抖。是啊，那就是我找到了搭檔的經過。

那時，我的肚皮還只能發出非常、非常細微的聲音而已。然而，我的聽力挖掘了它的潛力，這就是天才具備的才華。我相信只要練到爐火純青，一定可以辨得到。我非常肯定，自己要找就是這個了！那種踏破鐵鞋終於找到渴求之物的喜悅，讓我忍不住狂吼大叫。

這就是我身爲吉他手踏出的第一步。

此後，我爲了提升用肚皮演奏出來的音色，日以繼夜勤加練習。天才仍然需要在背地裡努力。

我的才華逐漸展露出來。沒花多久時間，就能夠彈奏出像樣的樂音了。

不過，爲了發出美妙的音色，單單練習撥肉的方法還不夠。我原本就是個瘦子，每一次都必須把肉捏起來，才會拉出一圈肚皮，這麼一來，就沒辦法騰出左手了。你應該懂我的意思吧。是啊，這樣就沒辦法調整音色，發出抖音了。所以我必須把自己養胖，打造出一副就算不用手捏，也會自然疊出一圈圈肚皮的身軀。

光是變胖還不夠，重要的是必須增加肚皮疊出來的圈數。只有一圈，就只有一種音調，這和只有一根弦的吉他沒有辦法演奏的道理一樣。我要的可不是兩層肥肚那種隨處可見的腹部。是啊，我的目標是六圈肚皮，和吉他弦的數目相同。

所以，我開始努力增重。

首先，睡覺前當然要吃糖果餅乾。原本討厭吃甜食的我，也主動放進嘴裡了。還有，我騙爸媽說腳扭傷了，每天都請他們開車送我上學。我退出社團活動，能不動就不動。午餐也吃一般人的三倍。

經過這些努力，我的身體像吹氣球一樣很快變胖，不到半年時間簡直變了個人似的。我不必把肉捏起來，也不用彎下腰來擠出一圈肉，肚子上隨時都有六圈肚皮。樂器準備就緒了。下一個目標，就是彈出音階。

我拿著入門書，開始自己苦練和弦。我用左手指按住凸隆的肚皮，右手指撥彈，從C和弦、G和弦、降A和弦一直練到降E和弦。至於號稱初學者山海關的F和弦，即便享有天才美譽的我，一開始也總是彈不好。我告訴自己，每一個人的起步都是這樣的。儘管手指不聽使喚，我還是很有毅力地持續練習。

過了一陣子，我已經精通每一種和弦了。我心裡明白，自己進步的速度異乎常人，想必是天賦帶來的成效。

到了這個階段，我終於能夠彈奏曲子了。我找來樂譜，又繼續埋頭練習。根本沒花什麼時間，就能夠彈奏出旋律了。我一連串背下了幾十首樂曲，對自己的才華感到恐懼。我的身體很自然地記住了旋律，手指很自然地隨之移動。

於此同時，我開始自學發聲法。每天晚上我都偷偷跑進體育館，袒露出肚子演奏和練習吊嗓子，並且想像大批觀眾聆聽我的曲子時陷入狂喜的盛況。

到了這個階段，我終於開始著手創作樂曲了。這時候，我的肚子裡彷彿有音樂繚繞迴旋，不停拋出一段段旋律。我把那些旋律彙整成一首首曲子。

我一口氣完成十首之後，兩手空空去了音樂展演場。當然，目的是交涉表演的機會。

「那，你的吉他呢？」

出來接洽的傢伙，看到我兩手空空，以輕蔑的語氣問我。

「就這個。」

我把襯衫往上掀開一些，露出了六圈肚皮。

「這就是我的搭檔。」

我永遠忘不了那傢伙當時嗤之以鼻的嘴臉。

「不好意思，我可沒空陪你這個小朋友在這裡瞎耗時間。如果你要說的是那個和尚與拍肚子唱歌跳舞的貉子比賽的童話故事[5]，我早就聽過啦。大人的時間很寶貴的，快回去。」

我真想一拳揍扁那個傢伙，好不容易才忍了下來。凡是走在時代尖端的弄潮兒，總是不被當代的人所接受。我真佩服自己當時那麼年輕，就有這番見地了。

我朝著那個打算離開的傢伙，使出全力彈奏。那是我第一次在人前表演。我的肚子開始演奏出激烈的音符，我也隨著樂音激昂歌唱。

那傢伙轉過身來，眼中充滿驚奇。我不管他的眼光，繼續我的演奏。最後，我用力撥了一記，結束了這場表演。

那傢伙老半天都說不出話來。

「這樣可以在這裡表演了吧！」

我冷笑著問他。

「當然、當然沒問題……」

可以感覺他的這句話是由衷脫口而出。看吧，活該！

我表演的日期很快就決定了。

奇怪的是，我一點都不緊張，反倒是興奮到極點，恨不得盡快在觀眾面前演奏。我可能天生就是個明星吧。

輪到我上場了。我慢慢走上舞台，台下沒有任何一個人認識我。

鎂光燈打在我身上。我抬起右手，緩緩地掀開襯衫。我的搭檔現身了。

舞台底下四面八方傳來竊竊私語，還夾雜著笑聲。沒關係，你們等一下就笑不出來了。

樂音從我身上炸裂開來。

會場的氣氛驟然轉變。原本愣住的觀眾，一回過神來立刻與曲子融爲一體，嘲笑變成歡呼，他們全心全意隨著拍子跳躍。

我演奏得如痴如醉，渾然忘我。我揮甩頭髮，聲嘶力竭，帶領觀眾衝上高潮。這雖是我第一次的演出，但我的身體彷彿從一開始就已經掌握全場了。

演奏完畢，觀眾已經徹底爲我瘋狂了。

那天我走出後台時，等候我出現的歌迷已是人山人海。有人請我簽名，有人問我身上的吉他，還有人把自己的地址電話扔過來。儘管眾人把我團團圍住，但我很酷地推開那群歌迷，踏上自行車回家了。

之後，我單槍匹馬去過不同的音樂展演場洽談。起初每一家的態度都一樣瞧不起人，等到我憑實力征服了那些傢伙後，心裡要說有多痛快，就有多痛快！

有時候我也在街頭表演，一開始指著我肚子嗤笑的觀眾，在聽到我的音樂以後無不臉色大變。我很快擁有了忠實的歌迷，那些模仿我把襯衫捲起來袒露肚皮走在路上的人，就是我的歌迷。

過了一陣子，有一天，我和往常一樣結束了在音樂展演場的表演，一個男人來找我。他自稱是製作人，遞了名片過來。

「請務必與本公司簽約！」

是啊，那是第一次有人想簽下我。
「但是，你必須組成樂團。你應該學習其他樂器的優點。」
這句話使我暴跳如雷。
「少囉唆！你懂什麼！」
假如他不是製作人，我大概已經動手打人了。
然而，那個男人很冷靜地回答我。現在回想起來，他應該很習慣和我這種傢伙應對。
「你的才華確實非常出色。可是，現在該是你拓展音樂領域的時期。你還年輕，只要交給我來規劃，一定還能有脫胎換骨的成長。」
「我就是我，絕對不和別人湊在一起做音樂！」
說完，我啐了一口唾沫。然而，他面不改色，臉上依然掛著笑容。
「今天我先告辭，不過，給你一個忠告，建議你肚子注意別著涼了，在表演的前後都用小懷爐保暖。假如你有心在這條音樂之路上走得長遠，一定要細心保養你的樂器。」

假如我把他這時的告誡聽進去了，或許就不會發生之後的憾事了。
之後，這傢伙來找過我很多次，不斷提議要和我簽約。
「我想，你和我合作會是最佳選擇。」
「吵死啦！」
我總是惡形惡狀地趕走他。
事實上，那時候除了他，還有很多人來找我要求簽約。可是，絕大部分都被我的態度嚇跑了，不厭其煩一直來找我的，只有一開始的這個男人而已。
隨著時間過去，我逐漸受到他的吸引。我的本能嗅到了隱藏在他和藹笑容底下的熱情。如果是這個傢伙，或許可以聽他的建議；如果是這個傢伙建議的，或許組成樂團也不錯。我漸漸有了這樣的想法。他很善於打動人心。
我終於決定與他簽約了。
「就等你這句話！來，有幾個傢伙很想和你見面！」
他帶我去見鼓手和貝斯手。是啊，就是我們這支日後成爲業界傳奇樂團的另兩位成員。

我想，應該不必特別對你說明，他們兩人絕非普通的鼓手和貝斯手。我們年齡相仿，體型相當。鼓手腆著一個大肚腩，以拍打的方式擊出節奏；而貝斯手則和我採用相同的彈奏法，不過爲了發出重低音，他的肚子顯得比我更有份量。

當時的感動，直到現在還留在我的記憶裡。原來，除了我，還有其他人同樣使用身體演奏！從古至今，同時發生的種種事件加總在一起所撞擊出的偶然，就此成爲改變歷史的那一刻。我們見面的瞬間，應該就是改變歷史的那一刻。

「瞧，現在很慶幸和我簽約了吧？」

製作人笑嘻嘻地對我說。眞是個氣人的傢伙，早說不就好了。我們三個沒花多少時間就培養出默契來了，因爲大家都很清楚彼此走過多麼艱辛的路程，才練出了這樣的成果。

我們連睡覺的時間都捨不得，不分晝夜埋頭作曲。三人有時候激烈爭吵，有時候相互尊重。回想起來，那是我們最美好的時光。

就這樣，終於決定發行出道單曲了。向來天不怕地不怕的我，唯獨那一次祈求老天爺保佑一切順利。

結果就是你知道的，我們一出道就爆紅。那首曲子把我們這支樂團一口氣推上了巨星的寶座。出道曲狂銷熱賣，橫掃所有音樂節目和音樂雜誌的排行榜。媒體專訪應接不暇，各家唱片公司也紛紛表示願意提供樂曲。

我們的單曲也好，專輯也罷，每次推出總是銷售一空。我的靈感源源不絕，不管寫什麼都被譽爲當代名曲。

第一次在體育場舉辦演唱會的感覺眞的太美妙了。雖然能與觀眾近距離接觸的音樂展演場也很好，但是站在寬廣的舞台上唱歌那種暢快的感覺，簡直是天壤之別。

我們只不過掀起襯衫，整個體育場立刻歡聲雷動。

然而下一秒，我一舉起右手，會場立刻靜得連針掉到地上的聲音都聽得見，安靜得令人起雞皮疙瘩。

接下來，我猛然往下一揮。隨著肚皮發出的樂音，會場又爆出了一陣歡呼。

我們先用快節奏的舞曲帶領觀眾直奔瘋狂，又透過抒情歌緩緩唱出深情，聽得觀眾著迷不已。接著再以吉他獨奏盡情展示了高度的技巧，一路衝向最後的高潮。

每一場演唱會結束後，我總是腦中一片空白，像丟了魂似的癱在沙發上。那種美妙的疲憊，在我這一生中再也感受不到了。

在澀谷的大街上舉辦的那場突擊演唱會簡直棒透了！尖叫的歌迷你推我擠，慌張的警察不知所措，現在回想起那副情景還是很想笑呢。

我們在樂壇獨領風騷。業界陸陸續續出現崇拜我們而模仿用腹部演奏的新秀，滿街都是捲起襯衫露出肚子的年輕人。我創造了這個社會。我彷彿就是神。

然而，這樣光榮的日子並沒有維持很久。

幾年時間一下子過去，三個人的關係愈發惡化。都說名聲使人瘋狂，那時候的我們真的瘋了，一碰面就爭執不斷，連錄音都草草結束。各自堅持己見，誰也不讓誰，甚至最後扭打成一團也不是什麼新鮮事。

毫無預警地，我們的時代結束了。憧憬我的下一代樂手，已經獨當一面了。這就是所謂的世代交替，真讓人心情複雜啊。

作品的銷售數量開始下滑，我們互相責備對方，推卸責任。這時，我心裡明白大家再也無法攜手合作了，於是決定解散。我們和其他解散的團體一樣，對外宣稱彼此的音樂理念出現了歧異。

樂團解散之後，我也趁機單飛。可是，這時候誰也不願意理我了。早前的趾高氣昂成了我必須吞下的苦果，連製作人也和其他樂壇人士聯手封殺我。

儘管如此，我還是認眞作曲。但是不曉得爲什麼，從那時候起我再也寫不出新歌了。以前信手拈來就是一首曲子，而今卻連一小節也擠不出來。就算撥彈肚皮奏出音符，也沒有絲毫靈感。即使勉強寫出一首，根本和過去那些扣人心弦的曲子相差太遠。

我爲了逃避現實而開始酗酒。我捧著宿醉未醒、痛得快要炸裂的腦袋瓜，喝過一家又一家酒館，爛醉如泥的時候還會糾纏其他酒客，結果被店家下達了驅逐令，禁止我再次登門。我和身上這把吉他搭檔相處的時間愈來愈短，也懶得保養肚皮了。

雖然我陷入低潮，每逢週末還是會去井之頭公園在零星圍觀的群眾面前表演以前的樂曲。過去，用身體演奏的樂手相當罕見，一表演就能吸引大批人潮觀賞；如今，以這種方式演奏的樂手已經隨處都是，所以看著也不稀奇了。儘管有些觀眾還像你一樣，記得我曾經是個名噪一時的紅星，可是當看到終日泡在酒精裡的我久疏練習的彈奏技法，以及未加保養而日漸走樣的體態，對我感到失望也是天經地義。

終於，一切結束的時刻來臨了。

那一天，我同樣喝得醉醺醺，直到黎明時分才回到家，心煩氣躁到了極點，比平時更加自暴自棄。

我可是個天王巨星啊，怎麼會淪落到這種地步呢？

暴怒沖昏了我的頭，我用力扯開襯衫，在熊熊的怒火中狂亂彈奏。

就在這個剎那，突然有道迸裂的龐然巨響衝進了我的耳膜，下一秒，我的腹部傳來劇烈的疼楚。

瞬間，我不知道發生什麼事了。我那顆混亂的腦袋往疼痛的部位瞥了一眼，沒想到大灘鮮紅快速暈染開來。是啊，那六圈肚皮一圈圈裂開了，也就是琴弦迸斷了。

我腦中倏然一片空白。如果是其他地方受傷了還有救；可是，音樂的生命線被截斷了，恐怕再也沒辦法當音樂家了。這一切都怪我疏於保養，懊悔得要命。

我立刻叫了救護車。在被送往醫院的途中，腦海裡交織著昔日的榮景，以及對日後的茫然。

多虧醫院的緊急治療，我總算撿回了一命，但是裂開的傷口足足縫了十針。原本已經覺悟這輩子大概再也沒辦法演奏了，所幸之後復健得宜，總算恢復到能彈奏出樂音的程度了。

等治療告一段落，我開始思考自己應該離開樂壇了。我要揮別過去的一切，改行做其他工作。我認爲這是最好的選擇。還有，酒也要戒。

儘管下定了決心，我畢竟是個天生的音樂家，終究割捨不下音樂。

於是，我又像這樣，一個人來到郊區的爵士酒吧演奏，並且樂在其中。

我的故事，好像講太久了。偶爾回憶過去也不錯，只是，這些事或許會讓像你這樣的歌迷感到幻滅，不好意思喔。

要是從前的我看到了現在的我，應該會不敢相信自己看到了什麼吧。

另外，還有一件事。我這樣落魄的傢伙，居然有人願意伸出手來給予溫暖。是啊，我不久前有了家室。很吃驚吧。不過，更讓你吃驚的還在後頭。

去年底，小犬出生了。眞眞確確，我的兒子。

這個小傢伙實在太可愛啦。不過，從我的嘴裡會說出這種話，看來銳氣已經被磨光囉。現在，兒子是我人生唯一的希望。

說起這小子，總是不斷帶給我驚喜。

我平常都在陽台練習彈音樂，結果這小子竟然學起我的模樣，奮力舉起他的小手，拍起他那與生俱來圓嘟嘟的肚皮了。這該說是天賦吧。當我第一次聽到他彈奏的樂音時，不禁為命運的捉弄感到不寒而慄。

最近，這個連米飯都還不能吃的小傢伙總是吵著要吃甜食，眼看著一天比一天胖了。等到他長到適合的體型以後，我打算親自從基礎開始，徹底訓練他。

是啊，一想到終有一天，小犬會赤手空拳闖進這奄奄一息的樂壇，我又和往昔一樣渾身帶勁，勾勒著對未來的美夢呢。

5 典故出自日本的民間故事〈證城寺的貉子〉。相傳證城寺一帶有許多貉子精每天晚上總是跑進證城寺的庭院裡拍著肚皮唱歌跳舞，住持覺得很有趣，拿起三弦琴彈奏起來，那些貉子精不甘示弱，更加用力拍擊肚皮唱歌跳舞，而住持也愈發起勁彈奏，就這樣一連三晚互別苗頭。第四晚，庭院悄然無聲，住持前去探看，這才發現領頭的貉子精因為用力過度，拍破肚子而亡了。後人將這段傳說編寫成兒歌傳唱。

夢卷

有個老同學帶我來到了一家雪茄吧。

「不好意思，我不抽菸。」

我想推辭，他卻笑了笑，力邀我進去，還神祕兮兮地說：

「這裡可不是一般的雪茄吧喔。」

踏進店內，裡面的光線十分柔和。

貼牆放置的櫃子裡，整齊陳列著許多雪茄。

雪茄吧底端擺放著數不清的玻璃杯，閃閃發亮。店裡的每一個角落都隱約散發著粉桃色的光澤。

我深深坐進沙發裡，再次開口問起我們重逢之後已經幾次提及的話題：

「怎麼會忽然想到打電話給我？接到你的電話，眞的把我嚇了一大跳。我們從小學畢業以後，就沒聯絡過了吧？」

老同學和我一樣，顯得有些興奮地回答：

「那是因爲我突然轉學了嘛。我家搬到國外，聯絡不太方便，也就漸漸失去了音訊。今天能夠再次見到你，眞是太好了！」

「爲什麼急著找我呢？光是要問到我的聯絡電話，就費了好大一番功夫吧？」

他還是和剛才一樣，沒有正面回答我的詢問，只是面帶微笑看著我。

我還想繼續問個清楚，這時，店員走過來送上雪茄、菸灰缸和火柴。一看到這些東西擺上桌，我原本打算問他的事立刻拋到腦後，心情雀躍不已。

「原來這就是雪茄哦……這是我第一次摸到這玩意呢。」

雪茄的焦褐色讓人聯想到歲月的痕跡，更比我在照片裡看到的還要大上一號，我不禁好奇心大發。

老同學彷彿就是在等我說這句話似地出言糾正了：

「不好意思，這可不是雪茄。」

看到我皺起眉頭，他有些得意地接著說：

「這個叫夢卷。」

「你說這叫什麼？」

我不由得反問一句。

「作夢的夢、書卷的卷，夢卷。說破了就沒意思了，不如直接看我怎麼做吧。」

老同學說著，拿起眼前的那一支，動作熟練地切剪出吸口。他的一舉一動，無不流露出高雅的氣度。

他再取起火柴。

「這是雪茄火柴，比一般火柴來得長，可以有更久的時間點燃。」

接下來，他把那支叫作夢卷的東西慢慢旋轉，讓火柴的火焰徐徐點燃，不久，夢卷的前端冒出了細絲般的煙氣。

他陶醉地欣賞了好一會兒，才把夢卷夾在指間，緩緩送到嘴邊，然後非常珍惜地銜在口中，往後躺進沙發裡，輕緩地吸了起來。

霎時間，他的瞳眸彷彿融化了，看起來像是神遊他鄉了。

老同學毫不在意手上的菸灰都快掉了下來，仍然目光迷濛，滿懷眷戀地將煙氣久久含在嘴裡。

過了很久，他終於依依不捨地把粉紅色的煙氣朝上方呼了出去，閉起眼睛沉浸在繚繞的餘香之中，一動也不動。

老同學好長一段時間就這樣默然無語，幾乎忘了我的存在……。

「喂！」

我終於忍不住喚了他一聲。

「喔，抱歉抱歉……」

他倏然睜開眼睛，用剛睡醒的慵懶語調回話，眼睛中卻閃耀著熠熠神采。

我不由得往前探向他。

「別賣關子啦！」

「多說無益，自己吸一支就知道了。」

說著，他拿起另一支雪茄點了火，遞給我。

我再也沒有任何猶豫，模仿老同學的動作，慢慢將它含進嘴裡，小口小口吸氣。

就在我嚐到微微的香氣時，就在這一剎那。

我的腦海裡驟然出現了一幅極度清晰的畫面。

成群的熊蟬攀在櫻樹上高亢地鳴叫著。

那是夏日的情景。

不曉得爲什麼，我變成一個少年，一手握著捕蟲網，抬頭望著樹幹。

我追著蟬聲，找遍了一棵又一棵樹。不一會兒，來到了蟬聲最嘹亮的那棵高大的櫻樹前，緊緊握住手中的網柄，視線從低處慢慢往上逡巡，仔細目尋那些攀附在粗胖樹幹上的蟬群。不知不覺間，天空映入了我的眼簾。在滿眼的鮮綠葉叢間，我忽然瞥見了美麗的藍天與白雲。頓時，我忘了捕蟬的事，只感到這個世界美得令我幾乎窒息……。

等我回過神來的時候，發現換了一個場景。我坐在河邊望著粼粼水光。那閃爍的景象讓人感受到時光的流逝。不久，我站起來，踏著不穩的碎石子邁開了腳步。雅羅魚群在清澈碧綠的河底游動。我找到一塊平扁的小石頭，一面回想曾經看人打水漂的模樣，一面試著有樣學樣。扔出去的小石頭咚的一聲，在河面漾出了一圈圈波紋……。

向晚時分的麻櫟林。我把蚊香掛在腰際，尋找會流出樹液的樹木。潮濕的腐葉土輕柔地裹覆著我的腳。忽然間，我在一棵大樹上看到一個大洞。我拿手電筒謹愼地照進樹洞裡，赫然發現了小鍬形蟲，喜悅的興奮油然而生……。

我在節慶的熱鬧攤集間感到夏日的尾聲已近。長串紅燈籠一路掛向遠處。煙火咻的一聲衝上了天，在空中綻放出繽紛的色彩。不到片刻，那些彩光融入夜幕，消失得無影無蹤……。

我霍然醒了過來。

老同學望著我，臉上掛著微笑。

「喏，懂了吧？」

儘管聽到老同學的聲音，我仍然在夢境和現實之間徘徊了好半晌。等到終於回到現實以後，我長長嘆了一口氣。

「簡直像是回到了小時候……」

我由衷發出感嘆，也能體會他剛才抽雪茄時的反應了。這種不可思議的體驗根本是聞所未聞。

「完全正確！那裡面裝滿了兒時的回憶。這句話可不是單純的比喻，而是千眞萬確的事實。」

老同學看我一臉納悶，又進一步做了解釋：

「夢卷是用小孩子的作文製造而成的。」

我不由得瞪大了眼睛。

「沁入紙張裡面的孩子們純眞的回憶，爲我們成年人帶來甜美的夢境。愈是想像力豐富的小孩寫的作文，描繪出來的情景愈是鮮活。」

他一邊欣賞我呆若木雞的模樣，繼續往下說：

「雪茄的氣味，隨著紙卷的回憶而各不相同。」

「譬如暑假記事的文章芳香迷人，寫下少女初戀情懷的日記則透著一抹微酸，揮筆咒罵作業的嚐來生硬，描述打架過程的則很苦。」

「剛做好的夢卷，每一支都是稚嫩的青澀味，必須放進雪茄盒——也就是能夠維持適當的溫度和濕度的盒子裡，讓它慢慢熟成，這樣才能去蕪存菁，釀出濃郁醇厚的喉韻，做出最完美的一支夢卷。素材的來源隨著年齡增長而摻入雜質，導致氣味變差，因此最佳素材是出自想像力最豐富又天眞誠實的孩童之手，年紀頂多只能到小學階段。

這家店無意讓顧客流連忘返而過著渾渾噩噩的日子，所以並不希望那些藉由夢境來逃避現實的人，或是無法看到回憶景象的現實主義者上門；但是，對於能夠返回孩提時光讓自己重拾活力的人們而言，來到這裡可是最美妙的享受了。」

我專心聆聽他的說明，感覺這一切太不眞實了。

夢卷漸漸往上燃燒，菸灰掉落。

老同學找來店員，附在耳邊講了幾句話。

店員隨即送來了一只看起來很高級的小木盒。

「這就是雪茄盒。在這家店成爲特別會員後，就會擁有專用的雪茄盒，可以把自己的夢卷放在裡面保存。」

「自己的夢卷是什麼？」

「就是用自己小學時寫的作文做成的夢卷啊。用過去的記憶做成的夢卷再適合自己不過了，抽起來的感覺格外迷人。」

「……原來如此，所以你才會在電話裡要我把這東西帶過來。」

「就是這麼回事。」

我打開提包，掏出一疊褪了色的紙張。

「我爸的工作地點調來調去，沒想到搬家時卻從沒丟掉，真得感謝我媽一直保管得好好的。」

我手中的這疊紙正是按照老同學的吩咐所帶來的小學時期寫的作文和圖畫日記。我一時難以置信，這種陳舊的紙片居然能夠做出那麼美妙的東西。這疊紙裡也有考卷。光是想像哪天吸到了那支夢卷，嘴裡就滲出了苦味。

「不過，這麼久以前的東西，會不會沒辦法做了呢？……」

「所以要放在雪茄盒裡很長一段時間，慢慢調整到適當的濕度。這需要高超的技巧才辦得到，交給這家店絕錯不了。舊紙會回到原本的潤澤度，恢復到以前的狀態。這時候，才能進入製作工序。雖然會耗費一些時間，不過，你儘管放心把東西交給店家吧。」

我頓時興奮起來。小時候的種種記憶在腦中交織盤旋。真沒想到有朝一日，我居然還能再一次重返兒時，身歷其境。我現在已經坐立不安，等不及自己的夢卷做好的那一天了。

「等不及了吧？我懂你的心情。看到現在的你，就讓我想起第一次拿到自己的夢卷的那一刻。其實，我這裡有個好東西喔。」

說著，他從另一個雪茄盒裡取出一本冊子。

「這是我幾年前整理櫥子的時候找到的。」

我從他手中接過來隨意翻了幾頁，濃濃的懷念之情令我忍不住發出驚呼：

「這不是畢業作文合集的原稿嗎？」

這本合集依然簇新如昔。可能是雪茄盒發揮了功效，簡直讓人誤以爲剛剛裝訂完成似的，甚至聞得到新鮮的紙香。

「嚴格來說，這裡面缺了你和我寫的那幾頁。」

我立刻聽懂了他的意思。

「而這一支，就是從那本合集裡的作文做成的夢卷。沒錯，就是用你的作文做成的夢卷！」

老同學說著，從自己的雪茄盒裡取出了一支夢卷。

「我原先只做了自己的那支，後來我決定也幫你做一支，等到今天重逢時，當作禮物送給你。」

老同學這番貼心的設想，讓我頓時心緒澎湃。

我突然想起一件事，開口問了他：

「那，你那支呢？難得有這個機會，我們一起重拾回憶吧！」

「可惜我已經用掉了。」他面露遺憾地回答，「我剛才說了，原先只做了自己的那支，那時拿到後就一個人享用了。

「那時候，我看到了一幕幕小時候的情景：在三角公園裡玩捉迷藏啦、在大和池裡釣鯽魚啦，還有，望著夕陽做著白日夢啦。雖然長大以後把這些往事忘得一乾二淨，但每一件都十分珍貴，讓人無比懷念。對了，你從見面後就一直問我，爲什麼會突然想要聯絡你。」

老同學有些不好意思地笑了笑，接著說：

「因爲在我的每一個回憶裡，都有你嘛！所以我很渴望和你見一面，想盡辦法打聽到你的聯絡電話。那時候你是我最要好的朋友，我們不管做什麼都是兩個人，陪我一起笑、一起哭的不是別人，而是你。」

後記

哦，你在寫極短篇呀？可是，現在不流行那種文體了吧？

大約三年前，有人對我說過這句話。當下，我受到極大的打擊。再加上找不到理由反駁，更令我懊惱不已。

極短篇喔……。總之，等到能寫出更長的文章、對人性有更多著墨，才算是夠格的小說家吧。

當時我只哈哈乾笑了幾聲，實際上心裡很不是滋味。

那麼，到底該怎麼定義極短篇呢？難道它僅僅是曾經一度蔚爲流行的體裁嗎？難道它只是在成爲「小說家」前的過渡階段嗎……？

我是在小學二年級時，第一次接觸到極短篇的。課本裡收錄了作家星新一的〈禮物〉，我看得津津有味，那就是我第一次閱讀的極短篇。

隔了幾年，我上小學六年級，家人在吃飯時恰巧提起了星新一的話題，從此，我和多數忠實讀者一樣，就這麼一頭栽進了星新一的世界，幾近狼吞虎嚥地貪讀他的著書，而且只看他的作品。

而我第一次寫小說，是在高中二年級的課堂上。

我課程上到一半，突然沒辦法繼續集中注意力，很想在手邊的活頁紙上寫些東西。回頭想想，到現在也說不出個理由爲什麼要寫下那些文字。身爲星新一的忠實讀者，我幾乎是在不假思索的狀態下，完成了我的第一個極短篇。

此後，我在高中時期陸陸續續寫了幾部作品，但頂多只能拿給朋友分享，直到上了大學以後，才正式投入創作。不過一開始，我並沒有意識到自己在寫極短篇。

從小就喜歡動手做東西的我，思考自己該開始專注在某一項事物上，於是在音樂和文學之間考慮。其實也沒有什麼特殊的原因，只是基於能夠獨立作業的理由，於是最後選擇了文學。

就這樣，我開始執筆寫文。起初憑著初學者的幸運，下筆如行雲流水（其中一篇收錄於本書），可是接下來任憑絞盡腦汁，卻連一個字也擠不出來。經過深思，我終於發覺到問題的癥結在於自己缺乏文化學識涵養。這個事實令我深感錯愕。此後，我開始潛心陶冶美術、旅行、乃至於漢字檢定等等，涉獵各種領域。也是從這個時期，我才開始正式耽讀書籍。所以，說來汗顏，我對文學其實相當無知……目前仍在持續學習當中。

大學二年級是我人生的轉捩點——我讀到了星新一先生的弟子、極短篇作家江坂遊的作品。

犀利、豐富且讓人大開眼界的世界觀，令我大為震撼。沒想到世上居然有這樣的極短篇作品存在。

原來連這種題材都能夠寫成極短篇。極短篇可以發揮的空間實在太廣了……。

我赫然發現這正是所謂的瞠目結舌，亦是我要努力的目標。從這天起，我有好一段時間都模仿江坂遊的筆觸（其實到現在，我的作品仍有江坂老師的影子）。譬如我的出道之作〈櫻花〉，就是在受到江坂遊的大作〈煙火〉的衝擊之後，渴望基於眞實經驗，創作出與他視角相同的作品。

藉此契機，我正式踏上了創作之路。某一天，我寫了封信，附上拙作，寄給了江坂遊老師，就此展開了兩人之間的師徒之緣。謹此由衷感激江坂老師的一路提攜與照顧。

現在來談談我的作品。

我寫作時，總是秉持著幻想、超現實和荒誕這三項核心元素，創造出具有世界觀、結局出人意表的故事。

拙作絕大多數都是描寫在日常生活中不會發生的奇妙事件，衷心期盼各位讀者能夠透過這樣的故事，從平凡無奇的日常生活，飛進不可思議的奇妙世界裡。然後在讀完以後，回到現實生活中重新檢視身旁的事物時，能有驚喜的發現。假如讀者們能夠體會到這種猶如登爬螺旋梯般的感覺，那就太好了。

接下來，關於寫作「題材」。我的來源有很多，不過多半是從身邊的事物和自身的經驗取材所得。

我認為，倘若把以前的極短篇稱為一度蔚為流行的文體，那麼這些「題材」就是協助極短篇進化為嶄新的極短篇，也就是所謂「現代極短篇」，最重要的部分。

應該還有更多更多題材，提供給唯有在這個時代才能寫出來的極短篇。我想，這就是讓現代極短篇的可能性無盡延展的關鍵所在。

長篇小說與極短篇。

這兩者既有共通點，也有許多相異之處。如同長跑與短跑同樣都是了不起的田徑項目，在文學領域中，也應該是長篇小說既不贏過極短篇、極短篇亦不會勝過長篇小說才對。極短篇絕對不是寫長篇之前的練習題，而文學也絕不是僅只於長篇所重視的人性犀利描寫。各有各的優點，各有各的魅力。我認為這絕錯不了。

身為文學界的參與者之一，我選擇了踏上極短篇的這條道路。寫作極短篇時的樂趣深深吸引著我，我更相信極短篇創造出來的無限可能。

當然，這條創作之路上布滿荊棘與困境，但我仍會不畏艱難，繼續勇敢邁進。如同我對〈夢卷〉這篇故事賦予的意義是希望藉此爲大家帶來生活的動力，而不是逃避現實。我期許自己能寫出更多這樣的作品。

……呃，關於極短篇，雖然還有很多想和大家分享的，還是在此打住吧。

有時溫暖心扉，有時毛骨悚然，有時痛快淋漓，有時悶悶不樂，還偶爾讓人莞爾一笑。

假如這樣的一本書，能爲您一成不變的生活帶來一絲動力，那就太好了。這也將成爲我的新動力，促使我在這條路上，繼續堅定地走下去。

Lovecity 47

夢卷

作　者—田丸雅智
譯　者—吳季倫
編　輯—黃煜智
行銷企劃—廖婉婷、李昀修
內頁排版—楊珮琪
總 編 輯—曾文娟
董 事 長
總 經 理—趙政岷
出 版 者—時報文化出版企業股份有限公司
10803台北市和平西路三段二四〇號七樓
發行專線—（〇二）二三〇六六八四二
讀者服務專線—〇八〇〇二三一七〇五
（〇二）二三〇四七一〇三
讀者服務傳真—（〇二）二三〇四六八五八
郵撥—一九三四四七二四時報文化出版公司
信箱—台北郵政七九～九九信箱
時報悅讀網—http://www.readingtimes.com.tw
電子郵件信箱—ctliving@readingtimes.com.tw
思潮線臉書—https://www.facebook.com/trendage
法律顧問—理律法律事務所　陳長文律師、李念祖律師
印　刷—盈昌印刷有限公司
初版一刷—二〇一七年三月三十一日
定　價—新台幣三〇〇元
（缺頁或破損的書，請寄回更換）

時報文化出版公司成立於一九七五年，
並於一九九九年股票上櫃公開發行，於二〇〇八年脫離中時集團非屬旺中，
以「尊重智慧與創意的文化事業」為信念。

國家圖書館出版品預行編目（CIP）資料

夢卷 / 田丸雅智著 ; 吳季倫譯 . -- 初版 . -- 臺北市 : 時報文化 , 2017.04
面；　公分 .

ISBN 978-957-13-6938-9 (平裝)

861.57　　106002742

ISBN 978-957-13-6938-9
Printed in Taiwan